예술가와 사물들

예술가와 사물들

장석주 지음

교유서가

서문 010

1부
예술가의 수첩

2부

시인의 편지

3부

철학자의 가방

4부

소설가의 모터사이클

서문

　자주 사물과 맺고 있는 관계에 대해 사유하곤 했다. 무엇보다
도 사물의 기능과 외관의 아름다움, 그리고 사물과의 우정과 연대
에 마음을 빼앗기곤 한다. 사물에서 촉발되는 상상과 사유 속에서
나는 느긋함을 누리곤 했다. 사물은 나를 저 너머로, 상상의 피안
으로 데려간다. 사물은 모서리가 닳고 바스라지면서 소실점 너머
로 사라지는데, 그동안 사물과 사람은 운명공동체로 묶인다. 산다
는 것은 사물 속에서 거주한다는 뜻이다. 사물은 우리 욕망의 속
악함과 숭고함 속에서 반짝이는 찰나의 시詩고, 덧없이 울려 나오
는 음악이다.
　사물은 형태의 다양성을 덕목으로 취하고, 최선으로 굳어진 미
학으로 완성된다. 책과 담배를 보라! 외관이나 표면의 단순함에

견줘보자면 사물은 놀랄 만큼 복잡한 내면과 불가사의한 심연을 품는다. 망치를 보라! 가장 완벽한 것은 일체의 군더더기가 없는 단순한 형태로 완성에 도달한다. 세계는 이런 사물로 둘러싸이고, 일상생활은 사물의 가장자리에 맞닿아 있다. 우리는 크고 작은 사물의 기능과 덕목에 기대어 내면에서 솟구치는 목마름을 해갈하고, 이것들과 정서적 유착 관계를 이루며 한 줌의 기쁨과 편의와 진리를 구한다. 사물의 조력이 없는 삶은 화사한 빛을 잃은 채 칙칙해질 게 분명하다. 사물의 도움으로 풍요를 누릴 수 있는 한에서 우리는 사물의 피부양자라고 말할 수 있을 테다.

끝없이 나타나고 사라지는 사물의 토대 위에서, 혹은 사물들의 사이에서 암중모색하며 나날을 산다는 건 사물과의 친밀감 속에서 몸을 확장하는 가운데 이룬 아름다운 합주合奏일 테다. 몽테뉴는 말한다. "우리 존재든 사물이든 항구적인 실재란 없다." 삶은 청명하건 구름이 많건, 또는 광란의 질주이건 혼돈의 소용돌이건 그것은 늘 끝을 향한다. 사물은 사라지고, 사람도 언젠가 죽는다. 사물과 사람의 운명은 어느 날엔가 덧없이 소실점 너머로 사라진다는 점에서 동일하다.

사물을 보면 사람의 운명이 보인다. 사물—날마다 접하는 삶의 조력자인 것, 내면의 필요에 부응하며 말없이 굳건한 것, 끝내 우리의 일부가 되지 못한 채 존재 바깥으로 미끄러져나가는 것, 온갖 덕성들을 품지만 시간의 순환 속에서 무無로 사라지는 이것, 가변과 유동으로 부서지기 쉬운 이것, 절정의 순간에 지는 꽃처럼 덧없고 덧없어서 아름다운 것…….

　나는 사물을 좋아한다. 이 책은 사물의 섬광과 아름다움을 취하고 그것을 향한 애착과 함께 제 운명의 도약대로 삼은 사람들의 이야기다. 이것은 사람의 이야기이자 사물에 바치는 송가頌歌다. 한 일간신문에 두해 동안 매주 한 번씩 짧은 원고를 썼다. 예술가들의 생애를 압축하면서 운명을 빚은 계기가 된 사물을 살펴봤다. 이 원고를 기꺼운 마음으로 맡아 아름다운 책으로 만든 교유서가의 신정민 대표께 감사드린다.

2020년 5월
파주 교하의 우거寓居에서
장석주

1부

예술가의 수첩

이응노와
수덕여관 옆 바위

근대 한국화의 거장인 고암 이응노李應魯(1904~1989)와 수덕여
관은 인연이 깊다. 본디 이곳은 수덕사 비구니 스님들의 거처였
다. 나혜석이 오갈 데 없던 생의 끝자락에 이곳에 몸을 의탁하고
문하생을 모아 유화를 가르쳤다. 소년 이응노는 그 문하생이었다.
그는 1935년 미술 공부를 하러 간 일본에서 요미우리신문 보급소
를 운영하며 모은 돈으로 해방 전 수덕여관을 인수했다.

이응노가 고향을 등지고 상경한 것은 19세 때다. 그는 서울에
서 미술 학원과 여러 스승을 찾아다니며 사군자와 산수화를 배우
고, 제10회 '조선미전'에 낸 〈청죽〉이 특선하며 이름을 알렸다.
그는 나라 안보다 나라 밖에서 더 사랑을 받았다. 일본에서는 마
쓰바야시 게이게쓰松林桂月 문하에서 서양화와 동양화를 뒤섞은

작품으로 주목을 받았다. 1958년에 프랑스로 건너가 파리 세르누시미술관과 손잡고 파리동양미술학교를 열었다. 그 와중에도 그림을 멈추지 않았다. 그의 그림은 반추상과 문자추상으로 새 경지를 열며 화사하게 꽃피었다.

이응노는 예술가로는 일가를 이루지만 평지풍파의 운명을 피하지는 못했다. 1967년 파리에서 유인되어 서울의 중앙정보부 지하실로 끌려가 고문을 받고 간첩 활동을 한 혐의로 2년 반 동안 옥고를 치렀다. 북한 공작원의 꾐으로 납북된 아들을 만나려고 동베를린 북한대사관을 찾았다가 '동백림 간첩사건'에 엮이고, 1977년에는 배우 윤정희 부부 납치 미수에 얽히며 공산주의자라는 주홍글자가 새겨졌다. 국내 화단에서 따돌리고 내쳐지면서 설 자리가 없던 그는 한국 국적을 포기하고 프랑스 귀화라는 도주선을 탄다.

이응노는 그렇게 전쟁과 분단이 낳은 비극을 몸으로 받아내고 끝내 고국으로 돌아오지 못한 채 파리에서 생을 마쳤다. 조강지처인 박귀희가 꾸리던 수덕여관 옆 바위에는 이응노가 새긴 문자추상 작품만이 덩그러니 남아 그의 곡절 많은 삶을 증언한다. 박귀희마저 세상을 뜬 뒤 방치되던 수덕여관은 이응노 사적지로 인정받아 충청남도 문화재 기념물로 지정되었다.

에드워드 호퍼와
폴 발레리 평전

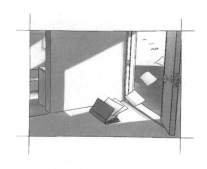

미국 화가 에드워드 호퍼(1882~1967)의 〈철학으로의 여행
Excursions into Philosophy〉과 〈밤새우는 사람들 Nighthawks〉을 접
한 뒤 그를 좋아하게 되었다. 그는 창가에서 바깥을 내다보기와 밤
의 불빛 아래에 있는 사람을 관찰하기 좋아하고, 계단과 복도, 북
쪽 채광창, 석탄이 타는 벽난로, 남쪽을 향한 창, 텅 빈 마루 등을
즐겨 그렸다. 쉴 때는 폴 발레리 평전이나 보들레르 시집을 되풀이
해서 읽었다.

호퍼는 호텔 방, 극장, 기차 칸, 주유소, 이른 일요일 아침, 펜실
베이니아의 새벽, 정오, 여름 저녁, 감리교회, 중국인 식당, 뉴욕
의 방, 철로변 호텔, 4차선 도로, 웨스턴 모텔, 좌석 열차 같은 그
림을 그렸다. 그에게서 미국의 개인주의 성향과 청교도주의의 영

향을 찾는 일은 어렵지 않다. 빛의 양감量感 속에서 드러난 인물은 삶의 중압감에 눌려 나른한 권태와 음울함에 빠진 듯하고, 명암의 대조가 두드러진 배경은 멜랑콜리를 자극한다. 도시 속 삶이 메마르고 고독하다는 인식은 피할 수 없지만 그는 빛의 은총으로 일상을 감싸며 반짝이는 풍경으로 바꿔놓는다.

호퍼는 1882년 뉴욕과 뉴저지에 사는 네덜란드계 이민자인 침례교도 가족 속에서 태어나 자랐다. 철도가 부설되고 뉴욕주에 막 전기가 들어올 무렵 그는 산업화로 빠르게 변하는 세계를 온몸의 감각을 열어 빨아들이며 감수성을 키웠다. 금발에 건강한 체구인 청년 호퍼는 뉴욕미술학교New York School of Art에서 그림을 전공했다. 대학 동문으로 화가인 아내 '가련한 조'와 '사악한 호퍼'는 평생을 다투었으면서도 사랑과 연민으로 감싸며 살았다.

1967년 5월 15일, 85세 생일을 이틀 앞둔 호퍼는 워싱턴 스퀘어의 스튜디오에서 사망한다. 예술가들 중 '90퍼센트가 사망한 지 10분 안에 잊힌다'고 했지만, 도시의 사적인 비밀과 수수께끼를 꿰뚫고 빛과 그늘 이미지로 가득찬 시詩로 빚은 호퍼의 그림은 영화, 드라마, 광고, 포스터, 티셔츠, 레코드 재킷, 잡지 표지 등으로 널리 퍼지며 사랑을 받았다.

이태준과
만년필

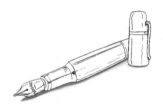

작가에게는 재능, 열정, 시간, 종이, 필기구가 필요하다. 물론 의자, 탁자, 밀실, 닫힌 문, 밝은 빛을 차단할 커튼도 필요할지 모른다. 고양이만큼이나 까탈스럽고 예민한 작가들은 필기구에도 영향을 받는다. 작가와 만년필의 도구적 궁합은 대체로 잘 맞는다. 예전에는 '파커' '쉐퍼' '몽블랑' '파이로트' '워터맨' '라미' 만년필로 원고지 위에 글을 쓰는 작가들이 많았다. 시인 박목월과 소설가 선우휘는 '파커 45'를, 이병주는 '쉐퍼'를, 박경리는 '몽블랑 149'를, 박완서는 '파커'를 썼다.

만년필은 아름답고 견고한 필기구로 여러 작가의 사랑을 받았다. 1941년에 나온 '파커 51'은 만년필의 시대를 활짝 열어젖히는데, 이 시절은 만년필의 황금시대라 부를 만하다. 2차대전 직후 볼펜이 나오면서 만년필의 시대는 갑자기 쇠락한다. 너도나도 값싸고 편한 필기구인 볼펜만을 찾았기 때문이다. 하지만 소수의 작가들은 만년필에 대한 충성심을 지킨다. 1980년대 이후 '워터맨 100', '파커 듀오폴드', '몽블랑 149' 같은 만년필들이 사랑을 받으며 명성을 잇는다.

해방 이전 〈문장〉지를 내며 정지용과 함께 문단의 좌장座長 노릇을 하던 소설가 상허 이태준(1904~?)은 소문난 만년필 애호가다. 한 산문에서 "나는 다른 방면엔 박하더라도 만년필에만은 제법 흥청거렸다"라고 고백한다. 이태준은 미국 보스턴의 무어사에서 만든 만년필로 『달밤』『까마귀』 같은 단편집과 『문장강화』『무서록』 같은 산문집을 써내는데, 어느 날 경무대 마당에서 야구를 하다가 아끼는 만년필을 잃어버린다.

만년필 분실은 비극적 운명의 전조前兆였을까. 혼란스러운 해방 정국 속에서 가족을 이끌고 월북한 이태준은 1953년 남로당 숙청 때 사라져 행방이 묘연해진다. 해방 전 '운문은 지용, 산문은 상허'라는 명성을 얻었던 미문가 이태준은 강원도 장동 탄광 노동자지구에서 쓸쓸한 노후를 보낸다. 1969년 어느 날, 누군가 노인치고는 키가 훤칠한 그를 알아보고 "헌데 아직도 글을 쓰십니까?"라고 묻자, 그는 "쓰고는 싶소만……" 하고 말을 맺지 못했다 한다.

헤밍웨이와
몰스킨 수첩

어니스트 헤밍웨이(1899~1961)는 파리에서 20대 시절을 보낸다. 젊은 예술가들의 엘도라도이던 파리로 호안 미로, 피카소, 제임스 조이스, 거트루드 스타인, 에즈라 파운드, 에릭 사티, 만 레이, 피츠제럴드…… 같은 예술가들이 몰려든다. 새파랗게 젊고 덩치가 크고 과장이 심하며 말이 빠른 헤밍웨이와 그의 아내는 뉴욕에서 레오폴디나호를 타고 출항해 1921년 12월 22일 파리에 도착한다.

파리의 후미진 동네에서 허름한 아파트를 세내어 살던 헤밍웨이는 가난한 국외 이주자이고, 벌이가 변변치 않은 무명작가였다. 그는 '셰익스피어 컴퍼니'에서 책을 빌리거나 길거리 서점에서 구한 헌책을 읽었다. 주말에는 경마와 경륜에 돈을 걸고, 스위스와 오스트리아로 스키를 타러 가고, 1925년에는 미로의 그림을 사들이는 호기를 부렸다. 미국 신문의 유럽 특파원으로 일하는 한편, 단골 카페에서 묵묵히 앉아 소설을 썼는데, 쾌적하고 따스하며 종업원들이 친절한 카페를 낡은 아파트보다 더 좋아했다. 그는 낡은 레인코트는 옷걸이에 걸고 낡은 모자는 긴 의자의 고리에 건 뒤 카페오레를 주문한다. 그리고 코트 주머니에서 수첩과 연필을 꺼내는데, 그 수첩이 바로 '몰스킨Moleskine 수첩'이다.

속지를 양피 가죽으로 감싼 이 수첩에는 고무줄 페이지 홀더가 달려 있었다. 흔히 '레 카르네 몰스킨'으로 불렸다. 예술가들에게 영감을 주는 수첩이라는 명성을 얻었는데, 고흐나 피카소 같은 화가들, 오스카 와일드 같은 작가나 지식인들이 즐겨 썼기 때문이다. 파리의 문구점에서 팔던 이 수첩은 1986년 제조사인 소규모 문구업체가 돌연 문을 닫는 바람에 사라졌다가 1997년 밀라노의 '모도 & 모도'라는 출판사에서 '몰스킨' 상표 등록을 하고 다시 내놓으며 부활한다.

헤밍웨이는 몰스킨 수첩에 장편『태양은 다시 떠오른다』의 초고를 쓴다. 그는 미출간 원고와 복사본이 든 가방을 통째로 잃어버린 쓰라린 경험 때문에 창작 메모를 적은 이 수첩을 소중하게 다룬다. 몰스킨 수첩이 세계적인 명품이 되는 사이 파리 예술계의 대모 거트루드 스타인의 응원과 제임스 조이스의 조언을 들으며 몰스킨 수첩에 소설을 쓰던 청년작가는 대작가의 길로 들어선다.

무라카미 하루키와
LP판

잃어버린 천국은 결국 우리 안에서 찾을 수밖에 없다. 아마도 그것은 우리 안에서 기쁨, 의미, 행복 같은 감정의 형태로 희미하게 존재할 테다. 하루해가 저문다. 나에게 온전히 충실했던 하루는 보람되고 아름답다. 사위에 어둠이 깔릴 무렵 의자에 앉아 막스 브루흐의 〈콜 니드라이〉에 귀를 기울이며 고요한 기쁨에 도취한다. 나는 듣는다, 고로 나는 행복하다!

해마다 노벨문학상 유력 후보로 거론되는 일본 작가 무라카미 하루키(1949~)가 재즈와 팝, 클래식 애호가라는 건 널리 알려진 사실이다. 그는 10대 때 AM라디오를 통해 리키 넬슨, 엘비스 프레슬리, 닐 세다카를 듣고, 그뒤로 비치 보이스, 빌리 조엘, 그리고 재즈에 빠진다. 와세다대학 시절 신주쿠 레코드 가게에서 시급

아르바이트를 하면서 용돈들을 아껴 모아 레코드판을 한 장씩 사 모으고, 대학을 졸업하고 도쿄 교외 고쿠분지에서 7년 동안이나 재즈 카페를 꾸린다. 그 이유는 단순하다. 종일 음악을 들을 수 있었기 때문이다.

사물과 도구들은 발명과 혁신을 통해 더 아름답고 기능을 향상시키는 쪽으로 진화한다. 백열전구가 사라지고 LED 등이 그것을 대체하고, 타자기가 사라지고 컴퓨터가 들어왔듯이. CD가 나오자 너도나도 LP판들을 고물상에 내다팔았지만 하루키는 아날로그 레코드판을 사 모은다. "중고 가게에서 내용이 알찬 아날로그 레코드가 너무 싼 가격에 팔리는 걸 보면, 나도 모르게 '오 저런, 가엾기도 하지. 내가 사줄게' 하는 마음이 들죠." 하루키는 미국이나 유럽의 도시에 들를 때마다 중고 가게를 순례하며 LP판을 부지런히 사서 LP판을 중심으로 음악을 듣는다.

이 LP판에 대한 과도한 애착의 뿌리는 무엇일까? 첫째, 세상에 없는 멋진 연주자의 음악을 들을 수 있다는 것. 둘째, 그것을 개인적으로 소장하며 기쁨을 누릴 수 있다는 점. 셋째, 젊은 시절 가난으로 누리지 못한 데 따르는 보상 심리도 있을 것. 넷째, 과거의 영화榮華를 가진 것, 지금은 차츰 사라지는 것들에 대한 멜랑콜리도 없지 않았을 테다.

김훈과
자전거

『남한산성』이 100쇄를 찍었다고 한다. "한국문학에 벼락처럼 쏟아진 축복!"이라는 찬사를 듣기도 한 『칼의 노래』에 이은 쾌거다! 소설가 김훈(1948~)은 한국일보 문화부기자 시절 문학적 향기가 듬뿍 배인 기사들로 작가들을 사로잡는다. 기자에서 소설가로 변신한 뒤 나온 그의 첫 소설을 읽을 때 산문과 서사 사이에서 서걱거리던 문장들에 낯이 뜨거워지곤 했다. 그러거나 말거나 그는 천천히 기자 관습에 젖은 문장을 털어내며 대형 소설가로 진화해나간다.

글깨나 쓴다는 이들이 다들 컴퓨터나 랩톱('노트북'이라고 부르는 그것!)의 자판을 두드려 쓸 때 그는 연필 그러쥔 손가락에 굳은살이 박일 만큼 꾹꾹 눌러서 글을 써낸다. 그는 손끝 촉감이 영감의

원천이라고 믿는 것일까. 손의 자극이 잠든 뇌의 뉴런들을 깨워 생각을 활성화시킨다니, 연필 쥔 손에서 문장이 술술 나오는지도 모른다. 어쩌면 그는 우리 시대의 마지막 남은 '디지털 비전향자'일 테다.

알다시피 김훈은 자전거 예찬론자다. 자전거는 바퀴 두 개로 움직이는 단순한 동력 장치다. 그는 두 다리로 자전거 페달을 밟아 두 바퀴를 움직여 만경들을 가로지르고 소백산맥을 넘는다. 그렇게 자전거 바퀴를 통해 대지와 교감한 기억을 몸에 새기고 반추하며 『자전거 여행』이라는 빼어난 산문집을 써낸다. 자전거 페달을 밟아 바람을 가르며 나아갈 때, 자전거가 인간 친화적 도구라는 확신은 더 단단해진다. 디지털 기술이 장착된 사물들은 인간을 소외시키지만 자전거는 그렇지 않다. 자전거는 공해물질 없이 늘 사람의 몸과 하나로 움직인다. 차라리 자전거는 건각健脚의 기능적 연장延長이다. 연필로 글을 쓰고 자전거로 이동하는 것은 시대에 뒤처진 행위가 아니라 제 몸을 건사하고 쓸 줄 아는 사람만의 일이라고 말하는 듯하다.

오르한 파묵과
아버지의 여행가방

사물들은 생의 불가피한 동반자다. 산다는 것은 우리의 필요와 욕망에 부응하는 사물들과 함께하는 여정이다. 사물은 한시도 떼어놓을 수 없는 생의 필요조건이다. 우리 생애주기와 사물들의 사용주기는 포개진다. 어떤 사물은 과거의 기억을 여는 끄나풀이다. 노벨문학상을 받은 소설가 오르한 파묵(1952~)은 수상 연설에서 아버지의 여행가방 이야기를 꺼낸다.

파묵은 이스탄불 공과대학에서 건축학을 공부하다 돌연 그만둔다. 22세 때 소설가가 되기로 결심하고 4년 만에 첫 소설을 써낸다. 이 소설의 첫 독자였던 아버지는 아들을 껴안으며 "너는 언젠가 노벨문학상을 받게 될 거다"라고 속삭인다. 뜨거운 부정父情과 염원이 담긴 이 예언은 들어맞는다. 알다시피 오르한 파묵의 소설들은 42개 언어로 번역되고, 2006년 노벨문학상위원회는 그의 이름을 호명한다.

파묵의 아버지 역시 한때 소설가 지망생이었다. 소설 쓰기는 "바늘로 우물 파기"를 하는 것이다. 아버지는 책상 앞에 몇 달 몇 년을 하염없이 앉아 있기보다 친구와 놀기를 더 좋아하는 한량이었다. 그는 사교생활에 바쁘고, 늘 재미와 즐거움을 좇으며 산다. 당연히 소설 쓰기는 인생의 뒷전으로 밀쳐진다. 세월이 흘러 유명 소설가로 우뚝 선 아들에게 아버지는 당신의 글들과 몇 편의 시, 단상을 적은 공책들로 가득찬 빛바랜 여행가방을 건넨다.

파묵은 여행가방을 집필실에 두고 망설인다. 가방 안 물건은 아버지의 과거, 비밀, 인생 그 자체일 테다. 파묵은 이 판도라 상자에 담긴 새로운 삶의 진실과 마주치는 것에 두려움을 품는다. 우리는 누구나 자신만의 판도라 상자를 하나씩 품고 산다. 열 것이냐, 말 것이냐. 그게 골칫거리인 것은 생의 또다른 진실과 마주치는 일이기 때문이다.

김수영과
우산

우산은 비를 발명한다. 우리는 비의 악행과 심술궂음을 피해 우산 속으로 도피한다. 찾아보니, 우산은 4세기쯤 나왔다. 우산을 뜻하는 영어 '엄브렐러umbrella'의 어원은 이탈리아어 '그늘(umbra)'이다. 우산은 중국에서 나와 인도와 베네치아를 거쳐 서양으로 건너간다. 우산은 머리 위로 떨어지는 것, 즉 빗방울과 햇빛을 막아 피난처를 제공하는 도구이다. 비 오는 날 연인에게 우산 속은 밀회의 아늑함을 선사한다. 그러나 사물은 사람의 욕망과 필요에 따라 그 쓰임이 변용되고 확장되는 법이다.

김수영(1921~1968)이 쓴 "우산대로 여편네를 때려눕혔을 때 우리들의 옆에서는 어린놈이 울었고 비오는 거리에는 사십 명 가량의 취객들이 모여들었고" 운운하는 시 「죄와 벌」을 읽었을 때 '이건 뭐지?' 하는 기분이 들었다. 세상에나! 이건 실제 상황이다! 1960년대 초 어느 해 가을의 일이다. 광화문에서 과외공부를 하는 큰아들을 기다리며 부부는 조선일보사 모퉁이 극장에서 페데리코 펠리니 감독의 〈길〉이라는 영화를 본다. 다섯 살인 둘째 아들도 함께였다. 영화를 보고 나온 김수영이 거리 한가운데서 돌연 제 아내를 때려눕힌다. 그는 주사酒邪가 심했지만 그날은 술도 마시지 않은 터였다. 시인은 우산을 '범죄의 현장'에 두고 온 것, 혹시 그 현장에 아는 이가 있었을까, 걱정을 한다. 이 괴팍한 소동의 전말을 다룬 시가 1963년 10월에 나온 「죄와 벌」이다.

김수영은 왜 제 아내를 우산으로 후려쳤을까? 우선 장남의 과외교사가 신통치 않아 시인의 마음이 불편한데다 배우 줄리에타 마시나와 앤서니 퀸의 남루하고 엇갈린 사랑과 욕망에 오쟁이 진 과거의 제 처지를 투사했을 것이라는 추측이다. 시인은 돌연 감정이 격앙되어 자신을 통제할 수 없는 지경에 이르렀을 것. 다행스러운 것은 시인이 제 폭력 행사를 '범죄'로 인식했다는 점이다. 그렇더라도 비를 가리는 우산을 가정 폭력의 도구로 쓴 일은 옳지 않다. 그가 문학사에 남을 만큼 위대한 시인이라 할지라도 말이다.

박완서와
호미

　곁에 두고 아끼는 물건은 피붙이처럼 친근해서 더 애착을 갖게
된다. 누구나 다 애착을 갖는 물건이 한두 개씩은 있다. 마흔 살에
『나목』이라는 장편소설로 등단해서 수많은 역작들을 내놓으며 여
성 문학의 대모大母로 우뚝 선 작가 박완서가 아낀 물건은 만년필
도 보석도 아니고 뜻밖에도 김을 매는 호미다.

　말년의 박완서는 서울 주변인 아치울 마을에 거처를 정해 살았
다. 소설을 쓰면서 마당의 잔디와 화초를 일삼아 가꾸며 소일했
다. 땅을 파고 김을 매는 데 필요한 도구가 바로 호미다. 이 노작
가는 손에서 호미를 놓는 법이 없었다. 굳은 땅을 파헤쳐 씨 뿌리
기에 적당하게 일구고, 돌아서면 쑥쑥 자라나는 잡초를 솎아내는
데 호미보다 더 좋은 도구가 없었다. 그가 아낀 호미는 무쇠 호미

다. 몇 년 동안 쓰던 무쇠 호미가 부러져 누군가 날렵한 스테인리스 호미를 구해주었지만, 도무지 정이 가지 않았다고 했다.

박완서의 '호미 예찬'은 산문으로 쓰여 널리 읽혔다. 삽이 주로 남성용 농기구라면 호미는 여성용 농기구일 테다. "[호미는] 주로 여자들이 김맬 때 쓰는 도구이지만 만든 것은 대장장이니까 남자들의 작품일 터이나 고개를 살짝 비튼 것 같은 유려한 선과, 팔과 손아귀의 힘을 낭비 없이 날 끝으로 모으는 기능의 완벽한 조화는 단순 소박하면서도 여성적이고 미적이다." 호미는 손아귀에 딱 맞게 들어오는데, 유려한 선과 더불어 낭비 없이 날 끝에 힘을 모으도록 설계를 한 명품이다. 박완서는 호미질을 할 때마다 어떻게 이렇게 잘 만들었을까 감탄을 하며, 이것의 도구적 완벽성에 거듭 놀란다.

알다시피 호미의 디자인은 단순 소박하다. 호미는 소박함 속에 도구의 기능성을 담은 자연 친화적 물건이다. 손아귀에 쥔 이 물건의 단순함에, 손의 물리적 힘을 허투루 낭비함 없이 모으게 한 장인의 지혜에 놀란다. 손끝 신경세포들은 뇌의 척수와 연결되어 그 감각 정보들을 실어나르는데, 손에 쥐고 쓴다는 점에서 만년필과 호미는 닮았다. 노작가의 '호미 예찬'은 그런 기특함을 지닌 도구 예찬이자 수고로 땀 흘리는 자발적인 노동에 대한 예찬이다. 이것을 예찬하는 것은 자발적 노동이 우리 삶을 보람되게 세우는 근본이기 때문이다.

폴 오스터와
타자기

　20대 초반, 나는 미국의 스미스 코로나 타자기로 글을 썼다. 타자기는 낡고 활자는 투박했다. 나는 타자기의 자판을 두드릴 때 고막에 가득차는 타음打音의 경쾌함에 매혹되었다. 무명의 문학청년 시절 그 고물 타자기는 내 전 재산이었다. 그 수동 타자기가 고장난 뒤에는 전동 타자기를 구해 썼다. 1980년대 말부터 개인 컴퓨터 자판을 두드리며 쓰다가 지금은 랩톱을 쓴다. 이 글쓰기의 도구적 전환은 자연스럽다.

　미국의 '카프카'라고 평가받는 작가 폴 오스터(1947~)의 산문집 『타자기를 치켜세움』이나 자전自傳인 『빵굽는 타자기』는 내 마음을 사로잡았다. 미국이 번쩍거리는 자동차와 냉동채소와 기적적인 샴푸를 생산해내고, 다들 "돈이 열리는 나무 주위를 돌면서 춤을 추라!"라는 선동에 도취해 있던 시대, 작가의 길로 들어서다는 것은 제 운명을 수렁 속으로 밀어넣고 시험하는 일이었다.

젊은 폴 오스터는 컬럼비아 대학과 대학원을 나와서도 번듯한 직업을 구하지 못한 채 허드렛일을 했다. 접시닦이, 설비공사보조, 경비, 유조선갑판청소, 프랑스대사관 서류번역, 개인교습, 서평쓰기 따위를 닥치는 대로 했다. 그뒤 교직, 언론계, 출판계에 끝없이 이력서를 보내고 면접을 보았다. 손대는 일마다 실패하고, 결혼은 이혼으로 끝장났다. 글쓰기는 수렁과 같았다. 서른에 접어든 이 젊은 작가는 공황 상태에 내동댕이쳐졌다. 삐걱거리는 제 운명과 싸우며 타자기로 쓴 소설 원고를 출판사와 에이전트에 수없이 보냈지만 거절당했다. 천신만고 끝에 첫 소설이 나온 뒤 겨우 궁핍과 절망에서 벗어날 수 있었다.

폴 오스터를 오늘의 세계적인 작가로 만든 것은 문학에의 열망과 굶주림, 그리고 타자기였다. 폴 오스터는 1974년경부터 올림피아 포터블 타자기의 자판을 두드려 글을 썼는데, 『우연의 음악』 『뉴욕 3부작』 『공중 곡예사』 『달의 궁전』 등이 그 작품들이다. 동료 작가들이 다 타자기를 버리고 컴퓨터로 넘어가던 시절에도 그는 우직하게 타자기로만 소설을 썼다. 그에게 타자기는 글 쓰는 도구일 뿐만 아니라 '빵을 굽는' 마법의 사물이었던 것이다.

박인환과
책의 물성

시인 박인환朴寅煥(1926~1956)은 소문난 '댄디보이'였다. 비 오는 날엔 검정 박쥐우산, 봄가을엔 우윳빛 레인코트, 겨울엔 러시아인들이 입는 것이 넓고 긴 외투를 즐겨 입었다. "여름은 통속이고 거지야. 겨울이 와야 두툼한 홈스펀 양복도 입고 바바리도 걸치고 머플러도 날리고 모자도 쓸 게 아냐?" 어느 날 땅바닥에 끌릴 듯이 긴 외투를 입고 친구들 앞에 나타나서 "이게 바로 예세닌이 입었던 외투란 말이야" 하고 으스댔다. 러시아 시인 예세닌이 자살 직전에 입은 외투를 외국 잡지에서 보고 미군용 담요로 본떠 지어 입은 것이다.

박인환은 강원도 인제 출신인데 명민한 편이었다. 경기공립중학교에 진학할 무렵 문학에 빠져들어 일어로 번역된 세계문학전집과 일본 상징파 시인들의 시집을 탐독했다. 아버지의 권유로 3년제 공립학교인 평양의학전문대학에 들어가지만, 해방이 되자마자 학업을 접고 서울로 왔다. 서울 낙원동에 생계 방편으로 '마리서사茉莉書舍'라는 서점을 냈다. 화가 박일영이 간판을 그리고, 애장하던 책들을 서가에 꽂았다. 김광균, 김수영, 김기림, 오장환 같은 시인들이 단골로 드나들었다. 시인 김수영과 친하게 지내며 '후반기' 동인 활동도 함께했으나 어쩐 일인지 둘 사이가 벌어졌다. 수영은 인환을 '경박한 유행 숭배자'로 여겼고, 인환은 수영을 세상의 눈치나 보는 속물이라고 경멸했다.

박인환의 책 사랑은 유별났다. 책을 사서 흠집이 나지 않도록 일일이 표지를 씌웠다. 심지어 월간지 〈현대문학〉마저 손때가 묻지 않도록 유산지나 셀로판지로 덧씌웠다. 박인환은 실은 책의 물성物性 애호가愛好家였다. 박인환은 책을 이루는 환영幻影과 이야기와 상상력의 성분들이 아니라 쥐고 쓰다듬을 수 있는 장정裝幀과 사물로서의 아름다움에 탐닉했다. "인생은 외롭지도 않고/그저 잡지雜誌의 표지처럼 통속通俗하거늘/한탄할 그 무엇이 무서워서 우리는 떠나는 것일까"라고 노래한 박인환은 1956년 돌연 세상을 떴다. 나이 서른이니 너무 이른 안타까운 죽음이다.

존 스타인벡과
연필

내가 연필의 세계에 입문한 것은 초등학교 시절이다. 전업 작가의 길로 들어서서 연필 네 자루를 깎는 것은 작업의 개시를 알리는 신호였다. 한밤중 연필의 흑연 심과 노트의 표면이 마찰하며 내는 사각거리는 소리는 마치 사랑을 속삭이는 듯했다. 연필은 영감, 아이디어, 꿈을 적을 수 있는 작가의 도구다. 펜이나 타자기와는 달리 연필로 쓴 것은 쉽게 지우고 새로 쓸 수가 있다. 인간의 실수를 덮어주고 용인하는 관용이 두터운 도구인 것이다.

연필의 탄생 시점에 대해서는 여러 설이 있다. 영국의 컴벌랜드에서 흑연 광맥이 발견되면서 흑연봉을 나무 몸통에 넣고 썼던 16세기 초반을 연필 역사의 기점으로 잡는다. 질 좋은 흑연 광산을 가진 탓에 영국은 연필 제조의 중심지로 떠올랐다. '숲의 성인'

헨리 데이비드 소로가 연필의 역사에서 중요한 인물이라는 것은 별로 알려져 있지 않다. 1840년대에 소로는 매사추세츠주에 있던 아버지의 연필 회사에서 일하면서 새로운 연필 제조 방식을 창안해냈다. 그 연필 회사는 날로 번창했다.

지금도 많은 작가들이 연필로 초고를 쓴다. 작가 토니 모리슨은 〈파리 리뷰〉와의 인터뷰에서 "나는 처음에는 무조건 연필로 써요"라고 말했다. 1962년 노벨문학상을 받은 미국의 소설가 존 스타인벡(1902~1968)은 유명한 연필 애호가였다. 날마다 여섯 시간씩은 손에 연필을 쥐고 소설 초고를 썼는데, 자신이 연필을 손에 쥘 수 있는 "조건화된 손을 가진 조건화된 동물"이라는 사실에 자긍심을 품었다. 스타인벡은 마음에 드는 연필 수십 자루를 한꺼번에 구입해 썼다. 여러 회사의 제품들을 써봤지만, 가장 좋아한 것은 에버하드 파버가 1934년에 내놓은 '블랙윙 602' 제품이었다. 그는 새 연필로 글을 써본 뒤 "지금껏 써본 것 중에 최고야. 이름은 블랙윙인데, 정말 종이 위에서 활강하며 미끄러진다니까"라고 찬탄했다.

"손힘은 절반, 속도는 두 배"로 널리 알려진 블랙윙 602가 연필의 역사에서 거둔 성과는 놀라웠다. 퀸시 존스나 레너드 번스타인 같은 유명인사들이 이 연필을 썼다. 거장 블라디미르 나보코프의 소설에도 등장했다. 에버하드 파버에서 만든 원조 블랙윙 602는 1998년 생산이 중단되며 불멸의 지위를 얻었다. 〈보스턴 글로브〉와 〈뉴요커〉 등이 블랙윙을 예찬하는 기사를 실을 정도였으니 말이다.

프로이트와
담배

담배는 위대한 시와 철학, 소설과 영화에 자주 나온다. 한 시인은 담배를 이렇게 노래한다. "인생은 담배이며/불똥, 재, 그리고 불 자체이다." 담배는 불을 붙이고 연기를 폐 깊숙이 빨아들이는 의식으로 세계를 유혹해왔다. 담배가 온갖 암의 원인이고 오염물질을 배출하는 악의 표상으로 원성이 높지만, 한쪽에서는 예술가에게 영감을 주고 덧없는 쾌락을 선사하는 벗으로 칭송을 받는다. 담배는 불안과 슬픔에 마법을 걸어 잠재우는 가느다란 부적符籍이다.

'꿈의 해석'과 '정신분석 이론'으로 유명한 정신분석학자인 지그문트 프로이트(1856~1939)는 소문난 애연가였다. 스물네 살 때 처음 담배를 피우기 시작해 평생 시가를 입에 물고 살았다. 새벽

잠자리에서 일어날 때부터 잠자리에 들 때까지 입술에서 시가가 떠날 줄 몰랐다. 프로이트는 골초로 흡연의 해독에 대해 누구보다도 잘 알고, 주치의 막스 슈어의 권고로 몇 번이나 금연을 시도했지만 담배를 끊지 못했다.

"이 즐거움을 결코 빼앗기고 싶지 않다. 나는 이 습관을, 아니이 악덕을 충실하게 지켜왔고, 작업능률이 증대된 것이나 나를 통제할 수 있었던 것도 시가 덕분이다." 그에게 흡연 행위는 반항과 저항의 의미를 뜻했고, 나중에는 "쾌락과 위험의 탁월한 결합체"인 이 담배의 즐거움을 아무 죄책감 없이 누리고자 했다. 그는 정신분석학에서 자신이 거둔 탁월한 성과의 반은 담배의 몫이라고 말했다. 흡연이 지적 작업의 촉매이자 자양분이었던 게 분명하다.

"담배가 이렇게 맛있을 수가 없어!" 담배의 쾌락에 탐닉하는 자에게 흡연은 참을 수 없는 원초적 욕구이고 쾌락의 궁극이었을 테지만 이보다 욕망의 덧없음을 보여주는 행위도 없다. 흡연 욕망은 곧 자기 소멸에의 욕망이다. 흡연자는 무의식에서 자기 존재를 불쏘시개로 쓰는 것이다. 담배는 애연가에게 집중의 찰나와 대체되지 않는 쾌락을 선사한다. 그뿐 아니라 무익한 욕망에 탐닉하는 자신을 발견하는 계기적 사물일 테다. 그래서 누군가는 "담배는 숭고하다!"라고 외치는 것이다.

보르헤스와
첫 시집

　호르헤 루이스 보르헤스(1899~1986)는 자신의 운명이 읽고 꿈꾸는 것이라고 생각했다. 낙원은 정원이 아니라 도서관이라고 상상했고, 1937년 부에노스아이레스 시립도서관 사서로 시작해 훗날 아르헨티나 국립도서관 관장을 지냈다. 50대 중반 이후 시력을 잃고 시각장애인이 되었을 때 책 읽어줄 사람을 구했다. 그는 평생 즐거움과 행복을 위해 책을 읽고, 읽고, 또 읽었다.

　보르헤스는 세계문학사에서 거장으로 꼽히지만 그는 늘 자신을 부끄러워했다. 누군가 "그 모든 사람 중에 당신은 왜 하필 보르헤스가 되었나요?"라고 물었을 때, 그는 "보르헤스가 된 게 놀랍고 부끄러워요. 다른 어떤 사람이 되려고 많은 노력을 기울였지만 지금까지 그렇게 되지 못했어요"라고 대답했다. 그는 호르헤

루이스 보르헤스라는 자기 이름조차도 좋아하지 않았다. 혀가 잘 돌아가지 않는 아주 어색한 이름이라 싫어한다고 고백할 정도다.

그는 몸과 영혼이 죽기를 원하고, 완전히 잊히기를 소망했다. "나는 그 사람이라면 넌더리가 나요." 보르헤스의 도저한 자기 부정은 그를 수행자로 보이게끔 한다. 그는 조그만 실수, 단 하나의 오류조차도 용납하기 힘들어했다. 가끔은 괴팍한 행동도 했다. 1925년에 출판한 책 『심문』이 마음이 들지 않아 그 책을 구입해 불태웠다. 그 책은 자기의 실수였고, 그 실수가 세상에 남아 있는 걸 못 견뎌 했다.

첫 시집 『부에노스아이레스의 열기』는 1923년에 나왔는데, 첫 시집을 아버지에게 드리며 검토해달라고 부탁했다. "얘야, 실수를 하고, 또 실수를 극복하면서 나아가는 거란다." 아버지가 돌아가시고 유품들 중에서 그 시집이 나왔다. 시집의 모든 시에 아버지가 교정을 본 내용이 가득했다.

보르헤스는 〈보르헤스 전집〉을 꾸릴 때 아버지의 교정본을 그대로 사용했다. "내 삶은 실수의 백과사전이었어요. 실수의 박물관이었지요." 보르헤스가 오류투성이인 첫 시집을 태우지 않고 살려둔 것에 고마워해야 한다. 그 첫 시집은 백치가 읊어대는 헛소리가 아니었다. 그것은 많은 물건들 중 하나일 뿐이지만 질서정연한 낙원, 나비의 꿈, 황금 사과, 구불구불한 미로의 계단, 긴 이동의 발자국을 품은 보석이었다.

김종삼과
모자

1970년대 말 한 일간지의 신춘문예에 당선되어 문단 말석에 이름을 올리고 한 출판사 편집부에 입사한 직후 광화문에서 허청허청 걷는 사람을 보았다. "김종삼 시인이야!" 함께 걷던 이가 속삭였다. 벙거지를 머리에 얹고, 상체를 구부정한 채 걷는 중년 남자의 뒷모습에서 눈길을 뗄 수가 없었다. 아, 저 이가 시인이구나! 김종삼(1921~1984) 시인을 실제로 보면서 경외감을 느꼈다.

김종삼은 레바논 골짜기에 있는 세계 유일의 '시인학교'를 창립했다. 이 학교는 시인이 상상 속에서 허구로 지은 '페이퍼 스쿨'이다. 강사진이 화려했다. 음악은 모리스 라벨, 미술은 폴 세잔, 시작詩作은 에즈라 파운드가 맡았다. 김소월과 김수영은 휴학계를 내고, 전봉래와 김종삼은 교사校舍 한 귀퉁이에서 소주를 마시며 바흐의 브란덴부르크 협주곡 제5번을 기다렸다. 그 전설의 '시인학교'는 폐교되어 사라졌다.

김종삼 시인은 황해도 은율 출신이다. 일본으로 건너가 도쿄문화학원 문학부에 들어갔지만 음악 공부에 뜻을 두었다. 그 사실을 알고 부친이 학비 송금을 끊어버렸다. 그는 학교를 그만두고 도쿄출판배급주식회사에 들어가 등짐을 지고, 부두에서 막노동을 하다가 고국으로 돌아왔다. 고전음악에 조예가 깊던 그는 광화문의 동아방송에서 음악효과를 담당하는 촉탁직원으로 일했다.

김종삼 시인의 원고를 받으러 광화문의 아리스 다방으로 갔다. 문인들의 단골 다방이었다. 그날도 김종삼 시인의 머리 위에는 벙거지가 얹혀 있었다. 그는 모자를 쓴 게 아니라 항상 머리 위에 얹고 다녔다. 왜 모자를 쓰느냐고 물어보지는 못했으나 그는 "이봐, 모자는 이 세상에 대한 예의야"라고 말하는 듯했다.

그는 후배나 벗들과 마주치면 소줏값으로 천 원이나 이천 원을 내놓으라고 다그쳤다. 그러나 기분이 상한 사람은 없었다. 평생 시와 고전음악과 소주를 벗하며 산 시인은 말년에 알코올 중독과 가난과 병고에 시달렸다. 거리에서 술에 취한 채 쓰러져 무연고자로 실려가 시립병원에 있다가 발견되기도 했다. "죄가 많다는 이 불구의 영혼을 이끌고 가보자." 나는 시인이 가려고 했던 그곳이 어디인지를 끝내 알지 못했다. 어쩌면 지금도 황야를 타박타박 걸어서 알 수 없는 그곳으로 가고 있는지도 모르겠다.

프랑수아즈 사강과
스포츠카

프랑수아즈 사강(1935~2004)은 부자 실업가의 딸로 태어났다. 애초 가난이란 걸 모르고 자랐다. 명문인 소르본대학에 입학했지만 학업에 열정이 없어 카페에서 담배나 피우며 빈둥거렸다. 대학생활에 적응하지 못하고 중퇴한 뒤 파리의 한 아파트에 처박혀 첫 장편 『슬픔이여 안녕』을 두 달 만에 써냈다. 남프랑스 해변 별장에서 펼쳐지는 시니컬한 18세 소녀와 아버지, 아버지의 연인 사이에 벌어지는 질투와 사랑, 슬픔의 나른함과 달콤함을 담은 소설이다. 1954년, 발랄하고 재기 넘치는 19세 작가의 등장과 파격인 스캔들을 담은 소설로 프랑스 보수 사회는 두 번이나 화들짝 놀랐다. 사강의 첫 소설은 대중의 호기심에 불을 지피며 1년 만에 33만 부나 팔렸다.

사강은 천재 작가라는 칭송을 받고 엄청난 인세를 벌어들이자 술과 파티로 이어지는 사교생활에 빠져들었다. 별장을 사고 재규어 스포츠카를 샀다. 1957년 스포츠카를 몰다가 센 강변 도로에서 절벽으로 굴렀다. '사강, 교통사고로 죽다'라는 뉴스가 떴으나 기적처럼 살아났다. 사강은 여러 번 자동차 사고로 죽을 고비를 넘겼다. 1958년 스무 살 연상인 출판사 편집인 기 슈엘레에게 구애를 펼쳐 결혼했다. 사교 모임을 끊고 집에 들어앉아 소설을 썼다. 그러나 2년 만에 이혼했다. 1962년 미국 출신의 도예가 밥 웨스트호프와 재혼했다. 그 결혼도 남자의 방종함에 질려 다시 이혼했다.

사강은 자동차광이자 스피드광이었다. 스포츠카의 액셀을 맨발로 밟으며 고속도로를 달리는 걸 좋아했다. 자동차가 고장나면 길에 버리고 새 자동차를 샀다. 사강은 자동차말고도 독서, 위스키, 재즈, 모차르트, 마약, 도박을 사랑했다. 카지노에서 거액의 빚을 져 파산했으나 도박이 삶의 권태에서 벗어나기 위한 정신적 열정이라고 했다. 마약 복용 혐의로 기소되었을 때 "나는 나를 파괴할 권리가 있다"라고 자기 변호를 했다. 사강의 '자기 파멸권' 주장은 세상을 떠들썩하게 했으나 법원은 그 권리를 인정하지 않았다. 마흔 이후 사강은 급격하게 쇠락했다. 2004년 항구 도시 옹플뢰르에서 심장과 폐 질환으로 눈을 감았다.

이중섭과
은박지

　천재들이 남긴 남다른 일화들은 대중의 열광을 부르는 요소
다. 이중섭(1916~1956)의 방랑과 가족과의 이별, 정신질환, 요절
같은 일화들도 그의 명성을 드높이고 신화화하는 데 일조를 했
다. "못하는 운동이 없고, 노래도 잘 불렀고, 문학청년으로 시
낭송에도 능수능란한 이 훤칠하고 잘생긴 청년"이 이중섭이다.
불운한 시대였지만 그의 천재성은 〈소〉〈닭〉〈가족〉 등의 그림
에서 형형하게 빛난다.

　이중섭은 평안남도 평원군 태생이다. 외할아버지 이진태는 평
양의 유력한 기업인이고, 형 이중석은 원산에서 백화점 백두상회
를 운영할 만큼 집안이 유복했다. 이중섭은 오산고보를 거쳐 도쿄
제국미술학교에서 그림 공부를 하고 돌아왔다. 전쟁이 나자 원산

을 떠나 부산으로 피난을 내려왔다. 일본인 아내와 두 아들은 일본으로 보내고, 자신은 실향민으로 동가숙서가식하며 떠돌았다. 끝내 정신질환을 얻어 대구 성가병원, 서울 수도육군병원, 성베드로병원, 청량리 정신병원을 떠돌다가 서대문의 서울적십자병원에서 숨을 거둔다.

이중섭의 은지화는 전후 유화물감과 캔버스 따위 재료의 절대 결핍에서 태어났다. 화가는 담뱃갑 은지에 송곳으로 선을 긋고 그 위에 색깔을 칠한 뒤 헝겊으로 문질렀다. 부산 피난처에서 시인 구상을 만났을 때 이중섭은 말했다. "이즈음 담배 은지에 그림을 그리고 있네. 한묵이 양담배 몇 갑을 주길래 그걸 다 피우고 은지에 그림을 새겨봤지. 아주 재미있는 것이 되더군." 1952년 7월 무렵, 이중섭은 부산 광복동의 '금강다방'이나 '밀다원'에서 못이나 송곳, 골필로 은박지에 선묘線描 그림을 그렸다.

은지화에는 게, 꽃, 나무, 복숭아, 아이들이 나온다. 화가는 두 아들과 함께 살고 싶은 몽유도원夢遊桃園을 새겼다. 비록 가난과 병고로 비참했지만 그림 속 세상은 꿈결같이 평화로웠다. 은지화는 대략 300점 안팎이 있으리라는 게 중론이다. 이 은지화는 밑그림에 지나지 않는다는 평가도 있지만, 뉴욕현대미술관인 모마 MoMA가 소장한 것을 보면 이 은지화가 세계미술사에서 희귀하다는 것만은 분명하다.

체 게바라와
녹색 노트

사자 갈기처럼 긴 머리칼, 텁수룩한 수염, 비쩍 마른 얼굴, 빛나는 눈매, 큰 별이 그려진 베레모를 눌러 쓴 그를 '혁명의 아이콘' 혹은 '전사 그리스도'로 불렀다. 그는 39세로 짧은 생을 마감했다. 1967년 10월 9일, 볼리비아의 차코라는 마을의 작은 학교에서 볼리비아 특수부대원의 총에 맞아 죽은 '에르네스토 라파엘 게바라 데 라 세르나'(1928~1967)라는 긴 이름을 가진 이가 바로 체 게바라다.

'체'가 죽고 그의 배낭에서 색연필로 덧칠된 지도와 비망록 두 권, 손때 묻은 녹색 노트가 나왔다. 비망록은 일기, 녹색 노트에는 시가 적혀 있었다. 그는 중남미의 대표 시인인 파블로 네루다, 세사르 바예호, 니콜라스 기옌, 레온 펠리페의 시 69편을 필사한 노트를 가지고 있었다. 체는 혁명전쟁을 치르는 가운데 쉴 참이면 다른 병사들이 잠에 빠져들 때 큰 나무에 등을 기댄 채 이 녹색 노트에 적힌 시를 읽었다.

체는 아르헨티나에서 태어나 의학을 전공했다. 그는 의사로만 살지 않고, 남미의 인민 해방을 위해 안데스 산악지대에서 붙잡혀 죽음을 맞을 때까지 혁명전사, 게릴라 전술가로 살았다. 혁명 동지인 피델 카스트로는 체가 호의적인 태도, 균형 잡힌 인격, 창의성과 기발함을 두루 갖춘 사람이었다고 회고한다. 철학자 사르트르는 지성과 저항정신을 갖춘 '완전한' 사람으로 꼽고, 미국 시사주간지 〈타임〉은 20세기를 움직인 100인 중 한 사람으로 평가했다.

열 몇 해 전 쿠바의 아바나를 찾았을 때 소년 여럿이 "원 달러! 원 달러!" 하며 체의 초상이 새겨진 동전과 달러를 교환하자고 내 곁에 바짝 달라붙었다. 한때 우리 대학가에서 체의 평전이 베스트셀러에 오르고, 체의 초상이 찍힌 티셔츠를 입는 게 유행이었다. 혁명가이자 독서광이었던 체! 쿠바 혁명을 이끈 일등공신인 체는 사회주의 몰락 이후 패션 상품으로 소비되었다. 체가 죽은 지 반세기가 넘어 자본주의 국가의 청년에게서 혁명가로 추앙받고, 사회주의 국가에서는 관광 상품으로 팔리는 이 아이러니라니!

김현승과
커피

커피는 기호식품이라고 해야 더 옳을 테다. 커피의 전설은 이집트 북부의 한 염소 치기에서 시작된다. 한 염소 치기가 얌전한 염소들이 처음 보는 나무 열매를 따 먹은 뒤 미쳐 날뛴다고 수도원 원장에게 전했다. 원장이 그 나무 열매를 따 먹어본 뒤 효능을 확신했다. 이 열매를 끓인 물을 마신 수도사들은 야간 예배에서 더는 졸지 않았다. 그때부터 커피나무에서 수확한 열매를 볶고 갈아서 끓인 물에 타 마시는 관습이 생겨났다.

커피를 두고 "악마처럼 검고, 지옥처럼 뜨거우며, 천사처럼 순수하고 사랑처럼 달콤하다"라고 찬탄한 이는 프랑스의 외교관 탈레랑공(1754~1838)이다. 커피는 권태로 늘어진 영혼을 환희로 적시고, 둔한 영혼에 각성과 기쁨을 주는 신의 음료로 찬사를 받았다. 서울 도심에서 점심 무렵 테이크아웃 커피 잔을 들고 걷는 직장인을 만나는 것은 한가로운 일상 풍경 중 하나다.

'절대 고독'의 시인 김현승(1913~1975)은 커피를 좋아했다. 아버지 김창국金和國이 신학 공부를 위해 유학을 온 평양에서 6남매 중 2남으로 태어났다. 아버지의 첫 목회지인 제주읍을 거쳐 7세 때부터 광주시에서 성장했다. 1934년 평양 숭실전문학교로 유학을 가는데, 재학 시절 동아일보에 시를 발표하며 등단했다. 30대 후반인 1951년 4월 조선대학교 부교수로 임용되며 광주에 자리를 잡고 정착했다.

김현승은 커피를 사발로 마신 걸로 유명했다. 그만큼 커피를 사랑했다. 그는 커피를 마시며 내면의 '절대 고독'을 응시하면서 권태와 번뇌에서 벗어났다. 가을이 "술보다 차 끓이기 좋은 시절"이라 하고, "가을이 외롭지 않게 차를 마신다"라고 노래한 시인이다. 11월 긴 밤을 "차 끓이며 끓이며 외로움도 향기인 양 마음에 젖는다"라고 쓰고, 자신의 호마저 '다형茶兄'이라 했다. 그가 언제부터 커피를 마시게 되었는지는 알 수 없다. 그는 평생 시인과 교육자의 길을 걸었다. 1975년 4월, 숭전대(지금의 숭실대)에 강의를 하러 나갔다가, 채플 시간에 쓰러져서 결국 일어나지 못하고 예순두 해의 삶을 마감했다.

전혜린과
검정 옷

　불과 서른한 살에 생을 마감한 전혜린(1934~1965)은 1960년대의 신화였다. 법학과 독일 문학을 전공한 대학교수이자 번역가였다. 그가 남긴 것은 번역서 몇 권, 일기장과 산문 몇 편이었으나, 평범과 피상을 벗어나 절대 인식을 추구하고 불꽃 같은 인식욕에 자신을 봉헌하며, 하루하루를 고투한 이 영혼의 투사는 죽은 뒤 신드롬을 일으켰다.

　29세에 일본 고등문과시험 사법, 행정 양과에 합격한 전봉덕田鳳德의 딸로 태어난 것은 전혜린의 행운이었다. 변호사 아버지 덕분에 일제 강점기에 풍족한 환경에서 자라날 수 있었으니 말이다. 세 살 때 한글 책과 일어 책을 읽어내며 아버지의 사랑을 듬뿍 받았다. 1952년, 아버지의 권유로 피난지 부산에서 서울대학교 법대에 진학했다. "내 한마디는 아버지에겐 지상명령이었고, 나는 또 젊고 아름다웠던, 남들이 천재라 불렀던 아버지를, 그리고 나를 무제한하게 사랑하고 나의 모든 것을 무조건 옹호한 아버지를 신처럼 숭배했다." 그에게 아버지는 신神이었다.

전혜린은 21세에서 25세까지 만 4년간 독일 뮌헨에서 공부하고 서울로 돌아왔다. 전혜린은 검정 옷 애호가로 강박적이라 할 만큼 검은색에 몰두했다. 1959년 서울 거리에서 그의 외모는 단연 눈에 띄었다. 검정 원피스에 검정 스웨터, 그리고 검정 머플러를 두른 채 서울 시내를 돌아다닌 그는 검은색 '덕후'였다. 검은색 애호증으로 평범을 미워하고 고독을 비범한 자의 전유물로 여긴 그의 무의식적 성향을 드러낸 것이다.

전혜린은 줄기차게 고독을 추구했다. 고독의 성채를 쌓고 그 안에서 점성술과 운명학을 연구하며 점을 쳤다. 일기장에 "일생에 한 번, 한 개라도 좋은 작품을 쓰고 싶다. 그것을 위해 살아나간다", "나의 소망의 직업이 있다면 역시 쓰고 싶은 것뿐!" 등의 메모를 남겼다. 1965년 1월 10일 아침, 전혜린은 자택에서 수면제 과용으로 싸늘한 주검이 된 채 발견되었다. 자살미수가 있었으니 자살일 수도 있었다. "무섭게 깊은 사랑, 심장이 터질 듯한 환희"를 추구한 그는 '장 아제베도'라는 애칭으로 부른 이에게 "내가 원소로 환원되지 않도록 도와줘! 너의 도움이 필요해"라는 마지막 편지를 쓰고 세상과 작별했다.

베토벤과
보청기

　1808년 12월 22일, 빈의 '안 데어 빈 극장'에서 작곡자인 베토벤(1770~1827)의 지휘로 초연된 〈운명교향곡〉의 도입부는 '운명은 이렇게 문을 두드린다'라고 말하는 듯하다. 스무 살 때 로맹 롤랑의 『베토벤의 생애』를 읽었다. 불안이 영혼을 갉아먹을 때 "범용한 심령으로 스스로 만족하지 않는 사람들에게 삶은 나날의 고투苦鬪"라는 문장에 크게 위안을 얻었다. "괴로움을 뛰어넘어 기쁨으로!" 베토벤의 생애는 폭풍우의 하루 같았지만 그 악천후를 뚫고 꿋꿋하게 앞으로 나아갔다.

　불행을 반죽해 환희를 빚은 베토벤은 영웅의 넋을 기린 사람이다. 그는 퀼른 근처 본의 가난한 집 다락방에서 태어났는데, 아버지는 자식의 재능으로 돈벌이를 시키는 데 혈안이 되어 네 살 때 피아노 앞을 떠나지 못하게 했다. 때로는 바이올린을 주고 방문을 잠갔다. 그것은 아동 학대였다. 베토벤은 일찍이 아버지를 대신해 집안 생계를 도맡아 열한 살에 극장 오케스트라에 들어가고, 열세 살에 오르가니스트가 되었다. 열일곱 살 때 "참으로 좋은 어머니, 사랑스러운 어머니, 나의 가장 아름다운 친구"라고 했던 어머니가 폐결핵으로 죽자, 그는 비탄에 빠졌다.

1792년 빈에 정착하는데, 프랑스 대혁명의 기운이 유럽을 뒤덮을 때였다. 베토벤은 대혁명의 지지자이고 공화정의 예찬자였던 나폴레옹에게 바치는 〈영웅교향곡〉을 쓰고, 영웅의 인내와 승리로 약동하는 〈제5교향곡〉을 썼다. 1806년 무렵 테레제라는 여성을 사랑했다. 연인에게 "나의 천사, 나의 전부, 나 자신인 그대여"라고 사랑을 고백했으나 신분 차이로 결실을 보지 못했다. 그 아픔을 테레제에게 바치는 소나타를 쓰며 달랬다.

베토벤은 1796년에서 1800년 사이 귓병을 앓으며 청력을 잃었다. 보청기 없이는 작은 소리조차 들을 수 없게 되자 보청기를 낀 채 작곡을 했다. "모든 불행 뒤에는 반드시 좋은 일이 따르는 법"이라고 믿은 그가 기다린 것은 죽음의 안식이었을까? 1827년 3월 26일, 이 위대한 음악가는 가난과 불행과 병고로 힘들었던 생을 끝냈다. 밖에는 바람이 불고 눈보라가 날렸다. 간간이 하늘을 가르는 우레가 천지를 뒤흔들었다.

거트루드 스타인과
예술품

　인상파, 입체주의, 초현실주의가 등장하고 '아르누보' 운동이 펼쳐진 20세기 초반, 예술가들이 파리로 몰려들었다. 벨 에포크 시대가 열리는데, 그 한가운데에 미국 여성 거트루드 스타인(1874~1946)이 있었다. 그는 폴란드 유대계로 미국 이민자 가정에서 태어나 피아노 등의 교양 교육을 받은 여성이다. 1906년 오빠를 따라 미국을 떠나 파리 플뢰뤼스 27번가에 정착했다. 그의 아파트는 파리 예술가의 '살롱'으로 인기가 높았다. 젊은 화가는 새 그림을 들고 와 선보이고, 에즈라 파운드는 시를 낭독하고, 에릭 사티 같은 작곡가는 새로 쓴 곡을 연주했다.

　스타인은 피카소나 마티스 같은 가난한 화가의 작업에 주목하고 그림을 사들였다. 스타인은 그런 방식으로 젊고 가난한 화가를 도왔다. 특히 피카소와 친해서 그림 모델이 되었는데, 피카소의 몽마르트르 작업실까지 걸어갔다. 늘 방문객으로 북적이는 피카소의 작업실 안락의자에 스타인이 앉아 포즈를 취하면 피카소는 캔버스에 코를 박고 그림을 그렸다. 피카소의 연인 페르낭드는 라퐁텐의 우화집을 큰소리로 읽어 모델의 지루함을 달랬다. 초벌 그림을 보고 다들 감탄하며 더이상 손대지 말라고 했으나 피카소는 고개를 저으며 "안 됩니다"라고 했다.

토요일 저녁이면 피카소 커플은 플뢰뤼스 27번가 아파트에 저녁 식사를 하러 왔다. 주말 저녁마다 스타인의 아파트는 예술가들로 북새통을 이루었다. 피카소의 친구였고, 풋내기 초보 작가 헤밍웨이의 멘토 노릇을 한 스타인은 예술을 사랑하는 예술품 수집가로 명성이 높다. 20세기 최고의 예술품 수집가인 페기 구겐하임도 스타인이 자신을 수집가의 길로 인도했다고 말했다. 소설가이자 번역가이고, 파리 예술가들의 대모인 스타인은 1946년 파리 근교 뇌이쉬르센의 미국병원에서 눈을 감았다. 72세로 스타인이 죽었을 때 파리의 예술가들은 슬픔에 잠긴 채 그를 추모했다.

버지니아 울프와
장갑, 꽃, 연필

　많은 이들이 버지니아 울프(1882~1941)라는 이름을 "한 잔의 술을 마시고/우리는 버지니아 울프의 생애와/목마를 타고 떠난 숙녀의 옷자락을 이야기한다/목마는 주인을 버리고 그저 방울 소리만 울리며/가을 속으로 떠났다 술병에서 별이 떨어진다"로 시작되는 박인환의 〈목마와 숙녀〉에서 만났을 테다. 나 역시 박인환의 시에서 그 이름을 안 뒤 그의 소설을 찾아 읽었다. 버지니아는 의식의 흐름 기법을 선보인 작가로 『자기만의 방』『델러웨이 부인』『등대로』 등으로 페미니즘과 모더니즘을 이끈 작가로 우뚝 섰다.

　버지니아는 런던에서 태어나고 자랐다. 아버지가 저명한 문예 비평가였지만 봉건적 가부장제 관습 때문에 정규 교육을 못 받았다. 그 대신 아버지 서재에서 맘껏 책을 읽고, 그리스어와 프랑스어를 독학으로 익히며 작가의 꿈을 키웠다. 결혼 뒤 1915년에서 1924년까지 런던 리치몬드가에서 살았다. 남편이 '호가스'라는 출판사를 차렸을 때, 호가스에 들어오는 원고를 꼼꼼하게 읽었다. 그가 살아 있는 동안 호가스에서 펴낸 책이 474권이었다. 그는 글 쓰는 것말고는 런던 거리 산책을 좋아했다. 버지니아에게 런던 거리는 조지 기싱이나 찰스 디킨스의 음습한 런던 거리와는 다른 매혹과 기쁨을 주고, 젊고 아름다웠던 생의 기억이 고스란히 남은 거리다. 『댈러웨이 부인』에서 작중인물이 들뜬 걸음으로 런던 시내를 누비고 꽃과 장갑을 사는데, 이들의 동선은 버지니아의 산책 경로와 겹쳐진다.

버지니아는 오전 10시에서 오후 1시까지 손으로 글을 쓰고 오후에는 그것을 타이핑했다. 작업을 마친 뒤 거리 산책에 나섰는데, 거리의 소음과 혼잡에서 이야기와 시를 듣고, 생의 리듬을 되살려냈다. "난 정말이지 연필 한 자루가 필요해." 어느 날은 연필 한 자루를 산다는 구실로 오후 네 시에서 여섯 시 사이 거리로 나와 익명의 보행자들 틈에 섞여서 걸었다. 버지니아는 1941년 2월, 마지막 작품 『막간』의 마지막 문장을 끝냈다. 우울증이 심해진 그는 3월 28일 남편에게 편지를 쓰고 나가 우즈강에 투신해 생을 마감했다.

천경자와
뱀

꽃뱀과 독사가 뒤엉켜 꿈틀거렸다. 하필이면 서른다섯 마리 뱀이 꿈틀대는 그림은 천경자(1924~2015)의 〈생태生態〉라는 작품이었다. 나는 이 그림 앞에서 한동안 움직일 수가 없었다. 아마 중학생 시절 '국전' 전시회장에서 심사위원 자격으로 출품한 작품을 보았던 듯싶다. 천경자라는 이름이 뇌리에 각인된 것은 그때였다.

천경자의 〈뱀〉은 이중섭의 〈소〉나 박수근의 〈고목〉처럼 화가의 무의식적 자아의 대체물이다. 〈생태〉는 광주역 앞 뱀집의 독사와 꽃뱀을 유리상자 안에 넣고 한데 엉켜 움직이는 것을 스케치한 끝에 나왔다. 1952년, 화가 나이 28세 때 피난지 부산의 미술협회 전시회에 내놓는데, 애초 징그럽다고 다방 주방에 숨겨놓았다. 우여곡절 끝에 〈생태〉가 걸리자 전시장은 밤 9시까지 관람

객이 몰렸다. "징그럽고 무서운 뱀을 그림으로써 나는 생을 갈구했고, 그 속엔 저항과 뜨거운 열기가 공존하는 저력이 심리의 저변에 깔려 있다"라고 화가는 회고했다.

천경자는 일제 강점기에 전남 고흥에서 태어났다. 아버지 천성욱은 군청 직원이고, 어머니 박운하는 묵화 따위에 재능을 보였다. 본명은 옥자였다. 전남여고를 나와 도쿄여자미술학교로 유학을 가면서 '경자鏡子'라는 이름을 썼다. 미술학교를 졸업하고 미쓰코시 백화점에서 일했다. 유학 시절 만난 남자와 결혼했으나 낭만적 동경과 어긋난 불행한 결혼이었다. 1946년 모교인 전남여고에서 미술 교사를 하면서 첫 개인전을 열고 화가로서 이름을 알렸다.

6·25전쟁이 터졌다. 천경자는 여수나 진도, 목포의 군수 등을 찾아가 그림을 팔아 식구의 굶주림을 면할 수 있었다. 그뒤 유부남과의 사랑, 화가 지망생인 여동생의 죽음 등을 겪었다. 1978년 9월, 현대화랑에서 '내 슬픈 전설의 22페이지'라는 전시를 보고 나는 천경자에 빠져들었다. 1995년 호암미술관의 회고전을 보고 현란한 색채와 자유분방한 예술혼에 다시 한번 감탄했다. 그뒤 천경자는 뉴욕의 딸 집으로 거처를 옮긴 다음 거기서 뇌출혈로 쓰러졌다. 한동안 혼수상태로 있다가 2015년 8월 6일 뉴욕에서 91세로 타계했다.

김환기와
달항아리

　제1세대 추상작가로 꼽히는 수화樹話 김환기金煥基(1913~1974)
는 조선 도공의 달항아리에서 영감을 받아 〈항아리와 여인
들〉〈항아리와 매화〉〈나무와 달〉〈달과 항아리〉 등을 그렸다.
1913년 2월 27일 전라남도 신안군의 작은 섬에서 부농의 1남 4녀
중 넷째로 태어나 19세 때 유학을 떠나 도쿄 니시키시로 중학교와
니혼대학 예술학원 미술학부에서 공부했다. 이때 입체파와 미래파
따위 미술 사조를 접하고 추상 회화의 길로 들어섰으나 늘 산, 달,
학, 매화, 사슴, 달항아리 같은 '우리 것'을 소재로 삼았다.

　달항아리는 조선 후기 경기도 광주 분원관요分院官窯에서 빚은
것이다. 만삭 여인의 배처럼 둥글지만 위아래 몸통을 따로 빚어
붙인 탓에 그 원이 반듯하지는 않다. 미술사학자 최순우는 투명한

유약 아래 흰빛과 일그러진 원이 어우러진 달항아리의 "무심한 아름다움"에서 한국미의 뿌리를 보았다. 김환기도 달항아리의 아름다움을 꿰어보고 이를 자주 그렸다.

해방 전 세 딸을 둔 채 이혼한 화가는 천재 작가 이상李箱의 아내였던 변동림과 재혼하고 성북동에서 새살림을 꾸렸다. 변동림은 '향안鄕岸'으로 개명해 이 이름을 썼다. "도대체 내 예술이 세계 수준에서 어느 정도인지 알 수가 없다"라고 김환기가 답답해하자 김향안은 프랑스 영사관을 찾아가 비자를 신청했다. 〈판잣집〉〈피난 열차〉〈뱃놀이〉 같은 전쟁 뒤 시대 체험이나 그리던 김환기는 1956년 파리 유학길에 올랐다.

김환기는 1963년 상파울루 비엔날레에 갔다가 뉴욕에 정착해서 점과 선으로 구성된 독자적 추상 세계로 들어섰다. 그는 캔버스 가득 푸른 점을 찍으며 먼 조국의 산과 들, 벗을 향한 그리움을 달랬다. 김광섭의 시 구절 "어디서 무엇이 되어 다시 만나랴"를 제목으로 삼은 작품으로 제1회 한국미술대상전에서 대상을 거머쥐었다. 1970년 중학교 미술반이던 나는 국립현대미술관에 걸린 이 점화點畵를 보며 추상 회화의 서늘한 아름다움에 놀랐다. 1974년 7월 25일, 김환기는 뉴욕에서 뇌출혈로 쓰러져 끝내 일어나지 못하고 생을 마감했다.

한나 아렌트와
다락방

1961년 4월 11일, 예루살렘의 한 법정에서 나치 전범의 재판이 열렸다. 정치철학자 한나 아렌트Hannah Arendt(1906~1975)는 〈뉴요커〉 특파원으로 재판을 지켜보고 아이히만이 양심의 가책도 없이 상투적인 관용구에 기대어 자기변호를 하는 평범한 노인이라는 데 전율했다. 악의 실체가 사유의 무능력함에 잇대어 있음을 보고 『예루살렘의 아이히만』에서 "그의 말은 늘 똑같았다. 말하는 데 무능력함은 생각의 무능력함, 즉 타인의 입장에서 생각하는 무능력함과 깊이 연관됨이 뚜렷해졌다"라고 썼다.

아렌트는 1906년 10월 14일 독일 하노버 근교의 유대인 가정에서 태어났다. 아버지 파울 아렌트는 엔지니어였지만 서재를 그리스와 라틴 고전으로 채울 만큼 책을 좋아하고, 어머니 역시 로

자 룩셈부르크를 지지하는 지적인 여성이었다. 아렌트는 10대 시절 칸트, 야스퍼스, 키르케고르의 책을 읽느라 늘 학교 오전 수업에 빠지고, 열다섯 살에 유대인을 비난하는 교사에게 항의하며 고등학교를 자퇴했다.

열여덟 살에 마르부르크대학에 들어간 아렌트는 저보다 열일곱 살 많은 철학자 하이데거를 만나 사랑에 빠졌다. 둘은 대학 근처 다락방에서 다섯 해 동안 사랑을 나누었다. 이 다락방은 사유와 몽상의 공간이고 밀회의 공간이었다. 육체의 열락이 끝나자마자 곧 가정으로 돌아가는 하이데거의 냉정함에 실망했다. 아렌트는 그가 나치당에 입당하고 대학 총장에 임명되자 하이델베르크대학으로 떠나 야스퍼스 밑에서 박사학위 논문을 썼다.

아렌트는 1941년 미국 외교관의 도움을 얻어 미국으로 탈출했다. 1951년 미국에서 시민권(naturalized citizen)을 얻을 때까지 저항운동, 체포, 수감, 망명을 겪고 베를린, 파리, 미국을 떠돌며 무국적자로 살았다. 그사이 『전체주의의 기원』 『인간의 조건』 등을 쓰고, 1959년 프린스턴대학 교수가 되었다. 하이데거와 야스퍼스를 스승으로 정치철학의 사유와 안목을 키우고, 보부아르와 수전 손택과 함께 20세기의 가장 비범한 여성 지식인으로 꼽히는 아렌트는 1975년 12월 4일 세상을 떴다.

찰스 부코스키와
우편 배낭

묘비에 "애쓰지 마라(Don't Try)"라는 말을 남겼다면 그가 어떤 사람인지 알고 싶은 궁금증을 불러일으킨다. 평생 밑바닥 삶을 전전하며 작품을 써서 '빈민가의 계관시인'이라는 호칭을 얻은 찰스 부코스키Charles Bukowski(1920~1994)가 묘비의 주인공이다. 그는 1920년 8월 16일, 독일 안더나흐에서 태어나 세 살 때 미국 로스앤젤레스로 이주했다. 열네 살 때 D. H. 로렌스, 도스토옙스키, 투르게네프, 고리키, 헉슬리, 싱클레어 루이스 등의 책을 도서관에서 빌려다 밤새 읽었다. 노동자 아버지는 아들에게 "불 꺼!"라고 소리를 질렀다. 침대 시트 속에 전등을 넣고 책을 읽다가 시트에 불이 붙어 연기가 솟은 적도 있었다.

부코스키는 대학을 중퇴하고 스물다섯 살 때 첫 단편을 발표했으나 반응이 신통치 않았다. 술에 빠져 중독자로 날품팔이 잡역부, 철도노동자, 트럭운전사, 경마꾼, 주유소 직원, 우편집배원 같은 일을 하며 살았다. 어둠 속을 헤쳐나가듯 고단한 세월을 견디며 얼마나 술을 마셔댔던지 어느 날 입과 항문으로 피를 분수처럼 쏟아냈다. 군 종합병원 자선병동에 실려가 치료를 받았다. 의사는 술을 더 마시면 죽는다고 경고했지만 술을 끊지 않았다. 쉰 살 때 돌연 "우체국 의자에 앉아 죽고 싶지 않아!"라며 우체국에 사표를 던지고 타자기를 구해서 글을 썼다. 1971년, 14년 동안 일한 경험을 바탕으로 『우체국』이라는 자전 소설을 쓰고, 『사랑은 지옥에서 온 개』 같은 시집을 잇달아 내놓았다.

부코스키는 대공황과 전쟁을 겪고 술과 노동으로 생을 이어갔다. 그는 거친 삶을 가식 없는 문체로 써내 독자들의 마음을 흔들었다. 열혈 독자층도 생겼다. 1994년 3월 3일, 백혈병으로 죽을 때까지 서른 권이 넘는 시집, 장편소설 여섯 권, 산문집 열 권을 남겼다. "단 한 사람이라도 구할 수 있는 자가 세상을 구하는 법이다. 그 외에는 허풍쟁이 낭만주의자 혹은 정치가다"라는 말은 두고두고 새겨볼 만하다.

권진규와
테라코타

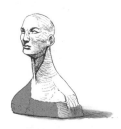

"범인凡人에게는 침을, 천재에게는 감사를, 바보에게는 존경을!"이라는 말을 남긴 사람이 있다. 1973년 5월 4일, 서울 성북구 동선동의 허름한 아틀리에에서 목을 매 숨졌다. 아까운 그 사람, 구상 조각의 거장인 권진규(1922~1973)다.

권진규는 함경남도 함흥에서 부호의 6남매 중 차남으로 태어났다. 1936년 함흥제1보통학교를 거쳐 아버지의 사업체가 있던 춘천고등보통학교를 졸업했다. 1942년 일본 히타치日立제작소에 징용으로 끌려가는데, 이때 도쿄의 사설 학원에서 그림 공부를 했다. 1944년 귀국해 서울의 성북회화연구소에서 김서봉, 임직순, 김창렬 등과 회화 수업을 이어갔다.

1949년 일본의 무사시노武藏野 미술학교에 입학해서 부르델의 제자로 일본 조각계의 거물이던 시미즈 다카시를 사사했다. 1953년 무사시노 후배인 일본 여성과 결혼하고 영화사 부품 제작을 거들며 생활비를 벌고 조각 작업을 이어갔다. 일본 '니카전二科展'에서 최고상을 거머쥐며 천재적 재능을 드러내면서 일본 화랑의 전속계약과 모교 교수 제안을 받았지만 뿌리치고 1959년에 고국으로 돌아왔다.

1966년 홍익대학교와 서울대학교, 수도여자사범대학에 시간강사를 나가며 생계를 이었다. 독신으로 뼛속 깊이 파고드는 고독을 견디며 〈지원〉〈애자〉〈경자〉〈혜정〉〈선자〉〈명자〉〈예선〉〈희정〉〈순아〉 등 제자를 모델 삼아 찰흙으로 빚어 굽는 테라코타에 몰두했다. 1965년 서울 신문회관에서 제1회 개인전을 열고, 1968년 도쿄 니혼바시화랑에서 제2회 개인전을 열어 일본 미술계에서 호평을 받았다.

권진규는 모델을 감싼 "허영과 종교의 분식粉飾"을 벗겨내고 진흙을 발랐다. 삼베, 모시 등으로 감싼 형상에 옻칠을 입히는 건칠乾漆 기법으로 조각의 새 지평을 열었다. 붉은 가사를 걸친 〈자소상〉이나 〈비구니〉처럼 세속의 오탁과 단절한 자의 서늘한 침묵과 고독, 삼엄한 구도자 느낌이 물씬하다. 그랬건만 고독과 생활고와 병마에 꺾여 백지에 "인생은 공空이며 파멸이다"라고 쓰고 목숨을 끊었다.

헨리 데이비드 소로와
숲속 일기『월든』

사물은 사람이 살려고 만든 문명의 도구이다. 삽과 쟁기가 손과 발의 연장이고, 망원경과 현미경이 눈의 연장이듯이 사물은 우리 신체의 연장이다. 인류는 이 사물을 쓰며 산다. 사물로 채워진 문명 세계에 진절머리를 치며 야생으로 떠난 이도 최소한의 도구-사물에 기대지 않고는 살아갈 수 없었을 테다.

헨리 데이비드 소로(1817~1862)는 잡역부, 은둔자, 자연주의 문학가, 초월주의 사상가다. 1845년 7월부터 1847년 9월까지 숲속 호숫가에 오두막집을 짓고 고독을 벗삼아 산 것으로 유명하다. 소로는 이 숲속에서 하루만 일하고 엿새는 쉬며 산책을 하고 자연 관찰을 하며 글을 썼는데, 이는 대다수 미국인의 도시적 일상을 뒤집은 실험이었다.

야생 예찬을 담은 『월든』이 나온 것은 1854년 8월 9일이다. 초판 2천 부는 수년 만에 겨우 팔렸다. 새해 들머리마다 『월든』을 읽으며 내 마음은 쉬이 더워진다. 소로가 도시, 기술, 도구-사물을 등지고 자연으로 간 것은 문명 세계의 질서, 관습, 법규가 생명과 자유를 옥죈다고 믿은 까닭이다. 몸, 감각, 본능, 우주에 기대는 삶에서 자유와 구원을 찾은 그가 "야생의 삶 속에 구원이 있다"라고 외친 것은 당연한 일이다.

　미국 매사추세츠주 콩코드에서 태어나고 그곳에서 죽은 소로를 자연주의자로 이끈 뿌리에는 "자연으로 돌아가자"라고 한 루소가 있고, 초월주의 사상가이자 목사인 에머슨이 있을 테다. 소로는 스무 살 때 에머슨의 집에서 정례적으로 열린 초월주의자의 모임에 빠지지 않았다. 그는 에머슨의 벗이자 제자이고, 집사執事 노릇도 마다하지 않았다. 무정부주의자에 가까웠던 소로는 정부에 맞서 시민불복종 운동에 나서고, 세금이 노예제도와 전쟁을 위해 쓰여서는 안 된다며 세금 납부를 거부하다가 투옥되었다. 그는 간디의 비폭력 저항운동, 마틴 루터 킹의 흑인 인권운동, 1960년대 미국의 저항문화에 촉매제가 되었다. 소로는 우리 안에 잠든 정의와 야생에의 꿈을 깨운다. 과연 그는 "유화적인 몽상가, 내용이 없는 루소주의자"인가, 아니면 생태주의를 주창한 구루인가?

빈센트 반 고흐와
농부의 구두

빈센트 반 고흐(1853~1890)는 지독한 불운을 견디고 독학으로 화가의 길로 들어섰던 사람이다. 고흐는 네덜란드에서 개신교 목사의 6남매 중 맏아들로 태어났다. 숙부가 일하는 화랑의 수습사원, 책방 점원, 전도사 등으로 떠돌며 목사가 되고자 했으나 실패하고, 대신에 무명화가의 길을 걸었다.

고흐는 농부, 광부, 방직공, 우체부를 그렸고, 이례적으로 자화상 40여 점을 남겼다. 자화상은 돈 주고 모델을 쓸 형편이 못 되었기 때문이었을 테다. 자화상에서 광인 고흐, 늙고 지친 왕 고흐, 농부 고흐, 성스러운 고흐, 방탕한 고흐, 침묵에 빠진 고흐를 찾는 일은 어렵지 않다. 고흐의 붓끝은 불규칙한 점과 소용돌이치는 빗금이나 횡선을 그으며 캔버스를 채웠는데, 이 색채의 분출은 내면의 불안정한 에너지를 반영한 것이다.

고흐 그림 중 농부의 낡은 구두를 그린 〈한 켤레의 구두〉를 처음 만났을 때 나는 전율을 느꼈다. 구두 앞창은 벌어지고 왼쪽 구두의 목은 접혔으며 오른쪽 구두의 끈은 함부로 풀렸다. '대지의 부름'과 '대지의 조용한 선물인 다 익은 곡식의 부름'에 응답하느라 낡아진 이 구두에서 철학자 하이데거는 농부의 고단한 삶, 들판을 가로지르는 길의 고독, 바람이 불어가는 들판의 황량함, 가을 저녁의 덧없음, '임박한 아기의 출산에 대한 전전긍긍과 죽음의 위협 앞에서의 전율'을 읽어냈다.

고흐는 생전에 단 두 작품을 팔았다. 그림이 생계를 해결하는 데 보탬이 되지 않았다는 증거다. 화랑업을 하는 아우 테오의 도움으로 혼을 갉아먹는 근심을 떨쳐내고 그림에 몰두했던 고흐. 술과 여자와 담배에 기대며 생명의 불꽃을 사르던 고흐. 1888년 크리스마스이브에 돌연 왼쪽 귀를 자르는 광기를 보였던 고흐. 그는 프랑스 오베르 쉬르 우아즈에서 제 심장에 총을 쏘았고, 이틀 뒤에 병원에서 사망했다. 그가 목숨을 끊은 것은 어쩌면 자기를 냉대한 이 세상을 향한 예술가의 처음이자 마지막인 퍼포먼스였을 테다.

2부

시인의 편지

천상병과
유고시집 『새』

천상병(1930~1993)은 불우와 가난에 기죽지 않고 "나는 세계에서/제일 행복한 사나이다"라고 노래했다. "더구나 하나님을 굳게 믿으니/이 우주에서 가장 강력한 분이/나의 빽이시니/무슨 불행이 온단 말인가!"라고 큰소리치는 시「행복」을 읽을 때마다 나는 절로 입가에 미소가 떠오른다.

천상병은 일찍이 마산중학교 재학중이던 1949년〈죽순竹筍〉11집에 시를 발표하고, 서울대학교 상과대학에 다니던 중〈현대문학〉에 평론으로 등단했다. 정치와 무관하던 그가 뜻밖에도 1966년 '동백림 간첩단 사건'에 연루되어 여섯 달이나 옥고를 치르고 나왔다. 천진무구한 시인은 고문으로 생식 능력을 잃어 슬하에 자식이 없었다. 의정부 수락산 밑에 살며 날마다 인사동에 나왔는데, 벗들에게 천 원을 얻어 막걸리 한 잔 마시는 것을 인생의 낙으로 삼았다.

1970년 영양실조로 쓰러진 뒤 무연고자로 분류돼 서울시립정신병원에서 치료를 받았다. 다들 몇 달째 코빼기도 내밀지 않고 소식이 끊긴 천상병이 죽었을 것이라고 짐작했다. 누군가 불쌍한 천상병 유고시집이나 묶어주자고 갸륵한 뜻을 내고 십시일반으로 돈을 모아 '유고시집'『새』가 나왔다. 이 문단 미담이 신문에 실리자 병원에서 '천상병 시인이 여기에 있다'고 바로 연락이 왔다.

문우들이 비단 보자기에 호화 양장본으로 꾸며진 시집 열 권을 싸들고 병원으로 병문안을 갔다. 이 '유고시집'을 일별한 뒤 천상병은 조용히 입을 열었다. 그의 카랑카랑한 일성은 "내 인세는 어찌되었노?"였다. 미처 인세 생각을 못했던 탓에 문우들은 뒤통수를 얻어맞은 듯 멍했다.

죽어서 저승 가는 데도 여비가 들면 어쩌나라고 걱정했던 시인! 한 잔의 커피와 갑 속의 두둑한 담배, 막걸리 한 병을 마시고도 버스값이 남았다고 행복해하던 시인! 그는 무소유였지만 가난과 불행에 주눅들지 않고 늘 늠름했다. 오히려 "아름다운 이 세상 소풍 끝내는 날/가서 아름다웠노라고 말하리라"라고 당당하게 썼다. 시인의 저 초긍정주의 낙관론은 많은 것을 거머쥐고도 불행감에 허덕이는 우리를 부끄럽게 만든다.

실비아 플라스와
가스오븐

1963년 2월 11일, 혹한이 몰아치는 런던의 낡은 아파트에서 가스오븐과 이어진 밸브를 틀고 한 미국 여성이 자살했다. 복층 아파트 이층 두 아이가 잠든 방에 우유와 쿠키를 남기고, 행여 가스가 들어갈까 방문 틈을 막은 뒤 가스밸브를 열었다. 그날은 불운이 겹쳤다. 파출부가 제 시각에만 왔더라도 자살은 실패했을 텐데, 파출부는 그날따라 늦게 도착했다.

남편 외도에 절망한 실비아 플라스(1932~1963)는 자기 살해라는 방식으로 생을 끝냈다. 1980년대 초 비평가 알바레즈가 쓴 『자살의 연구』라는 책을 통해 나는 실비아 플라스라는 시인을 알았다. 그때까지 덜 알려졌던 이 여성 시인의 시집을 내가 경영하던 출판사에서 처음으로 번역해 소개했다.

아버지는 보스턴대학 생물학과 교수이고, 어머니는 영문학과 독문학을 전공한 지식인이었다. 실비아 플라스는 여덟 살 때 〈보스턴 헤럴드〉에 시를 발표하고, 10대에 시와 단편소설을 잡지에 발표할 만큼 천재성을 뽐냈지만, 일찍 죽은 아버지에 대한 애증을 품고 있었다. "아빠, 아빠, 이 개자식, 이젠 끝났어"(「대디」)라는 시구절은 분노를 그대로 드러낸다.

명문 스미스 여자대학에 수석 입학을 하고 내내 우등생이었다. 풀브라이트 장학금으로 런던 케임브리지대학으로 유학을 가서 시인 테드 휴즈를 만나 결혼했다. 그녀는 요리사, 엄마, 남편 비서 역할을 수행했다. 두 아이를 거두며 남편의 뒷바라지를 했다. 실비아 플라스가 잡지사와 출판사에 보낸 원고는 번번이 되돌아왔지만 테드 휴즈는 영국 문단의 주목을 받으며 성큼성큼 앞서나갔다.

1962년 10월, 실비아 플라스는 이혼을 앞두고 한 달 만에 30편의 시를 완성했다. 불길한 운명과 가부장적 질서에 저항하며 "뼈와 섬유조직까지 강해져야" 한다고 자기를 다그치며 시를 썼다. 31세에 돌연 자살을 선택한 뒤 실비아 플라스는 단박에 '페미니즘의 아이콘'으로 떠올랐다. 사후에 잇달아 시집 세 권이 나오더니, 이윽고 1981년 테드 휴즈가 정리한 『시 전집』으로 퓰리처상을 받았다.

김관식과
명함

한국전쟁이 끝나고 환도하자 서울 명동을 중심으로 다방 문단
사가 펼쳐졌다. 그 무렵 김관식金冠植(1934~1970)이 충남 논산에서
상경했다. 그는 강경상고를 나와 한학漢學의 대가인 정인보鄭寅普,
오세창吳世昌, 최남선崔南善에게서 『주역』 『반야심경』 『동의보감』
『당시唐詩』를 배웠는데, 스승에게서 신동 소리를 듣던 사람이다.

문단 거물인 김동리, 조연현, 박목월을 감히 김군, 조군, 박군이
라 부르고, 시집 출판기념회에 나타나 "눈자위 사나웁게 흰창을
흘"기며 판을 엎었다. 서정주 추천으로 〈현대문학〉을 통해 시 「연
蓮」 「계곡에서」 「자하문 근처」 등을 발표하며 문단에 나왔다. 마
포 공덕동의 서정주 집을 드나들며 시인의 아리따운 처제에 눈독
을 들였다. 청혼을 거절당하고 음독자살 소동 끝에 시인의 처제 방

옥례와 결혼에 성공해 서정주와 동서지간이 되었다.

　김관식은 4·19 뒤 '나라가 위급할 때 시인이라고 별유천지에서 희희낙락할 수 없다'면서 국회의원 출마 선언을 했다. 신문사 논설위원직도 내놓고 용산 갑구에서 정치 거물인 국무총리 장면과 맞붙었다. 그는 '대한민국 김관식'이라는 명함을 돌리며 선거 유세에 나섰다. 결국 3등으로 선거에서 떨어졌지만 기세는 하늘을 찌를 듯했다.

　20대 초반 한학 실력과 한시 소양에서 비롯된 기개와 자만심으로 문단을 휘젓고 좌충우돌하던 김관식은 인왕산 일대의 국유지를 개간해 과수원을 만들고 판잣집을 지어 살았다. 그뿐 아니라 무작정 지방에서 올라온 가난한 시인들에게 땅을 나눠주며 정착을 도왔다. 가난했으나 시인의 박람강기博覽强記와 호연지기를 누구도 꺾을 수는 없었다.

　30대 들어서면서 시인의 간과 위장과 신장은 질곡의 세월을 건너면서 들이켠 깡소주에 녹아내렸다. 시인은 병고에 시달리다가 36세 때 어린 자식들에게 판잣집 한 채와 "가난함에 행여 주눅들지 말라./사람은 우환에서 살고 안락에서 죽는 것,/백금 도가니에 넣어 단련할수록 훌륭한 보검이 된다"라는 시를 유산으로 남기고 세상을 떴다.

아르튀르 랭보와
의족

　예술은 종종 고독과 불행과 피를 들이켜며 자라난다. 천재 예술가는 삶에 대한 환멸이나 재앙과 재능을 맞바꾼다. 아홉 살 때 라틴어로 시를 쓰고, 열여섯 살에 대표작「취한 배」를 완성한 천재 시인 아르튀르 랭보(1854~1891). 청춘과 반항의 심볼로 추앙받는 짐 모리슨이나 링고 스타 같은 유명한 록스타의 존경을 받은 시인 랭보에 대해 우리는 무엇을 말할 수 있을까.

　17세 소년이 파리의 시인 폴 베를렌에게 "여비가 없어서 파리로 가지 못하고 있습니다"라고 편지를 썼을 때 시인은 "위대한 영혼이여, 어서 오라. 우리는 당신을 원하고, 당신을 기다린다!"라고 답장을 보냈다. 장시「취한 배」한 편만 달랑 들고 파리에 입성한 천재 랭보가 시인 30여 명이 모인 레스토랑에서「취한 배」를 낭송했을 때 반응은 열광적이었다.

1873년 술에 취한 베를렌이 랭보에게 총상을 입힌 뒤 둘은 헤어졌다. 그해 첫 시집 『지옥에서 보낸 한 철』이 나왔으나 악동으로 낙인찍힌 랭보에 대한 문단의 반응은 싸늘했다. 1875년, 랭보는 『일뤼미나시옹』 원고를 베를렌에게 맡긴 뒤 방랑자로 떠돌았다. 랭보는 "예술은 하나의 멍텅구리에 지나지 않는다고, 이제야 말할 수 있다"라고 문학을 전면 부정하고 절필했다.

그뒤로 이탈리아, 바이에른, 오스트리아를 떠돌다가, 더 멀리 아라비아반도와 북아프리카로 떠났다. 네덜란드 용병으로 인도네시아까지 갔다가 탈영했다. 아프리카에서는 낙타 대상을 이끌고 사막을 건넜다. '바람구두'를 신고 상인으로, 노동자로, 무기 밀매상으로 떠돌던 랭보는 1891년 5월 20일, 오른쪽 다리의 골수암으로 13일 동안의 항해 끝에 마르세유로 돌아왔다.

랭보는 병원에서 다리를 절단했다. 조악하기 짝이 없는 의족이 도착했으나 그것을 써보지 못했다. 의족은 써먹을 수 없다는 점에서 시와 다를 바 없었다. 랭보는 간병을 하는 여동생 이사벨에게 '난 땅속으로 갈 테고, 넌 태양 속을 걷겠지'라고 중얼거렸다. 대퇴부의 암은 곧 온몸으로 번졌다. 랭보는 여섯 달이나 환각과 혼수상태에 있다가 1891년 11월 10일, 병원에서 세상을 떴다. 그의 나이 37세였다.

이육사와
비취인장

　시인 이육사李陸史(1904~1944)는 안동에서 퇴계 이황의 후손으로 태어났는데, 형제 모두가 앞서거니 뒤서거니 독립운동에 뛰어들었다. 육사는 편지에 "우리 형제들이 서로 의지하여 밤낮으로 분주하게 살고 있지만 보잘것없는 꼴이어서, 아침에는 끼닛거리가 없고 저녁이면 잠잘 곳이 궁벽하여 엎드려 탄식할 따름"이라고 썼다.

　육사는 스무 살 때 일본으로 건너가 박열이 이끄는 조선인 무정부주의 단체인 흑우회에 회원으로 들어갔다. 27세 때 대구에 배일排日 격문이 뿌려지는데, 이 대구격문사건 용의자로 대구경찰서 고등계에 동생 원일과 함께 붙잡혀 신문을 당했다. 29세 때 중국으로 건너가 항일 혁명가를 길러내는 조선 혁명군 군사정치간

부학교 1기생으로 들어가 6개월 과정을 마쳤다. 여러 차례 감옥을 드나들며 갖은 고초를 겪고, 폐병을 앓았으나 항일운동을 그치지 않았다.

육사는 일제 강점기의 엄혹함 속에서 갖은 고초에 엮인 삶을 살았다. 〈문장〉 1940년 1월호에 내놓은 「절정」에 썼듯이 "하늘도 그만 지쳐 끝난 고원高原/서리빨 칼날 진 그 위"에 선 듯 가파른 삶에서 "어데다 무릎을 꿇어야 하나?/한발 재겨디딜 곳조차 없다"라고 탄식했다. "강철로 된 무지개"를 꿈꾸며 항일운동을 하다가 1943년 서울에서 헌병대에 붙잡혀 베이징으로 압송되어, 이 듬해 1월 16일 새벽에 베이징 둥창후퉁 지하감옥 28호에서 순국했다.

1933년 봄, 육사는 중국 난징의 한 여관에 기거하며 고책사古册肆나 골동점을 드나들다가 『시경詩經』의 「빈풍칠월」이라는 시가 새겨진 비취인장翡翠印章을 손에 넣었다. 이 인장을 밤에 잘 때나 여행할 때나 몸에 지니고 다녔다. 1933년 7월 14일 상하이를 떠나 단둥을 거쳐 귀국하는데, 전날 벗들과 '최후의 만향'을 했다. 이 비취인장을 "贈 S. 1933.9.10. 陸史."라고 새겨서 S에게 건넸다. 우정의 징표로 이 인장을 받은 S는 대구청년동맹에서 활동한 동지 석정石鼎 윤세주尹世冑다.

유치환과
연애편지

통영을 생각하면 가장 먼저 우체국이 떠오른다. "오늘도 나는/
에메랄드빛 하늘이 환히 내다뵈는/우체국 창문 앞에 와서 너에
게 편지를 쓴다"라는 청마靑馬 유치환柳致環(1908~1967)의 시 구절
때문이리라. 청마는 통영에서 한의사였던 유준수의 8남매 중 차
남으로 태어나고 자랐다. 청마는 통영여중의 교사로 남편을 잃고
혼자였던 시인 이영도에게 수백 통이나 되는 연모의 편지를 쓰고
우체국에 가서 부쳤다.

첫 시집 『청마시초靑馬詩抄』가 나온 이듬해인 1940년 봄, 청마
는 가족을 이끌고 북만주로 떠났다. 가형인 유치진이 만주에 개간
한 땅을 관리하고 개발하는 일을 떠맡았다. 청마는 해방 직전인
1945년 6월에 고향으로 돌아왔다. 그뒤 청마는 교육계에 들어가

1954년에 안의중학교 교장을 시작으로 경주중고등학교, 경주여중고, 대구여고, 경남여고 등의 교장을 차례로 지냈다. 자유당 말기에는 꼿꼿하게 자유당의 독재에 반대해서 한때 교장직에서 쫓겨났다.

가정을 이룬 청마는 이영도를 연모했으나 함께할 수는 없었다. 청마의 가슴에 남은 "연정의 조각"은 "가슴을 저미는 쓰라림"으로 찔렸다. 그 연모의 마음은 "지워도 지워지지 않는 마음의 어룽"이었다. 그 어룽이 "사랑하는 것은/사랑을 받느니보다 행복하나니라//오늘도 나는 너에게 편지를 쓰느니/그리운 이여 그러면 안녕!/설령 이것이 이 세상 마지막 인사가 될지라도/사랑하였으므로 나는 진정 행복하였네라"라는 구절을 낳았다.

「깃발」「울릉도」 같은 청마의 남성적 준열함을 드러내는 한문투성이의 시는 한과 애상, 여성적 비극의 정조로 물든 한국 현대시의 맥락에서 멀리 벗어나 있다. 그런 청마가 여러 여성에게 달콤하고 애틋한 연애편지를 남겼다는 건 아이러니다. 청마에게 여성은 "항상 얻지 못할 영혼의 어떤 갈구의 응답인 존재"였다. 청마가 죽은 뒤 이영도에게 보낸, 구구절절 애절한 사랑을 토로하는 연애편지가 책으로 엮여 나와 많은 이들의 사랑을 받았다.

케테 콜비츠와
자화상

1986년 여름, 유럽여행중 덴마크의 한 미술관에서 화집 한 권을 구했다. 낯선 작가의 그림 앞에서 내 영혼의 연약한 동물을 불로 지지는 듯한 고통을 느꼈다. 이 무겁고 두꺼운 화집을 여행하는 내내 안고 다녔다. 케테 콜비츠(1867~1945)라는, 엥겔스와 친교를 나누던 큰오빠와 당대 진보주의의 영향으로 사회주의 리얼리즘의 길을 간 여성 화가의 화집이다.

아버지가 그에게 물었다. "삶에는 즐거운 일도 있단다. 근데 왜 너는 이렇게 어두운 면만 그리니?" 그는 아무 대답도 하지 않았지만 나중에 에밀 졸라의 "미美는 추醜한 것이다"라는 말과 함께 프롤레타리아를 그리고 싶다는 욕망을 품은 것은 오직 땀 흘려 일하는 자만이 아름답다고 느꼈기 때문이다.

콜비츠는 1867년 프로이센의 쾨니히스베르크에서 건축 기술자의 딸로 태어나 베를린 예술학교에서 그림 수업을 받았다. 24세 때 의료보험조합 의사인 카를 콜비츠와 결혼하고 평생을 함께했다. 그는 호메로스와 괴테와 막심 고리키와 톨스토이를 읽고, 히틀러가 독일 총통에 오르는 것을 목격하고, 빈의 굶는 어린이를 위한 포스터와 반전 포스터를 그리고, 〈직조공 봉기〉〈농민전쟁〉 등의 역사 인식이 뚜렷한 작품들을 남겼다.

자신 속의 신성을 찾고 성숙해지는 것, 바로 "노래하는 뱀처럼 언젠가 너의 삶이 전체적으로 완벽한 음향을 발견할 때까지" 나아가고자 했던 콜비츠는 자화상의 대가다. 그는 매우 뛰어난 자화상을 숱하게 그렸다. 세상의 거악과 전쟁으로 눌리고 찢긴 어린이와 여자들로 인해 무표정하게 얼어붙은 자화상은 볼 때마다 서늘하다.

1980년대 한국 민중미술계에서 불길같이 일어난 목판화 운동에서 콜비츠의 흔적은 뚜렷하다. 늘 죽음을 동경하던 콜비츠는 "나를 죽음에 내어주는 걸 상상하면 두려움과 낯섦을 느낀다"라고 일기에 썼다. 콜비츠는 1945년 4월 22일, 종전을 며칠 앞두고 눈을 감았다. 1951년 그를 기리는 기념비가 동베를린 콜비츠 광장에 세워졌다.

잉게보르크 바흐만의
빵과 포도주

실연한 사람은 '버림받은 악기'다. 더이상 선율을 연주하지 못한 채 구석에 처박힌 악기라니! 사랑의 황홀경과 충일감에서 내쳐질 때, 그것이 어느 한쪽의 결정일 때 실연당한 자는 속수무책으로 사랑에 매달려 "설명해줘요. 내게, 사랑이여, 설명할 수 없는 것을, 그 소름 끼치는 시간을"이라고 할 수밖에 없다. "추락하는 것은 날개가 있다"라는 시구로 유명한 여성 작가 잉게보르크 바흐만(1926~1973)이 그랬다.

바흐만은 작가 막스 프리슈와 사랑을 하다가 헤어졌다. "사랑을 위하여/차린 식탁을 바다에 뒤엎고//잔에 남은/포도주를 바다에 버리고 빵은 물고기에게 주어야 한다//피 한 방울/뿌려서 바닷물에 섞고//나이프를 고이 물결에 띄우고/신발을 물속에 가라 앉혀야 한다" 같은 시가 실연의 시름에서 빚어졌다. 빵과 포도주는 삶의 양식이자 기쁨인 것! 사랑을 잃은 자는 그것마저 버리고 돌아올 것을 기약하지 않은 채 떠난다.

바흐만은 오스트리아 남부 클라겐푸르트에서 태어나 빈과 인스부르크 등의 대학에서 법학과 언어철학을 공부했다. 20대 때 방송국에서 스크립터나 편집 담당으로 생계를 꾸리며 오직 시에 헌신하려고 메마른 날을 견뎠다. 1953년 첫 시집 『유예된 시간』을, 1956년 둘째 시집 『큰곰자리의 부름』을 펴냈다. 서른 살 무렵 나폴리와 로마에 머물며 기념비적인 첫 소설집 『삼십세』를 써 나간다. 문장 전부를 외우고 싶을 정도로 아름다운 『삼십세』라는 소설집으로 바흐만과 만났다. 『말리나』와 『만하탄의 선신善神』을 잇달아 읽었다. 1980년대에 내가 꾸리던 출판사에서 바흐만의 소설 『죽음의 방식』과 시선집 『소금과 빵』을 펴냈다.

아우슈비츠 생존자인 시인 파울 첼란이 1970년 파리의 센강에 뛰어들어 자살했다. 그를 사랑하던 바흐만은 큰 비통에 잠긴 채 "내 삶은 끝났다. 그가 강물에 뛰어들었기 때문이다. 그는 내 삶이었다. 나는 그를 내 목숨보다 더 사랑했다"라고 썼다. 바흐만은 로마의 한 호텔 방에서 약물에 취한 채 담배를 피우다가 생긴 화재로 화상을 입고, 1973년 10월 17일, 병원에 실려간 지 한 달 만에 숨을 거뒀다.

시몬 드 보부아르와
자전거

사람은 도구-사물과 더불어 산다. 그것 없이 한순간도 살 수가 없다. 클립, 포크, 송곳, 망치와 같은 단순한 도구에서 컴퓨터나 자동차와 같은 복잡한 물건에 이르기까지 모든 사물은 사람의 필요에 부응하면서 우리의 능력, 힘, 용량을 늘리는 데 기여한다. 더 정확히 말하자면, 사물은 "의지의 표현, 힘의 확대, 작동의 아름다움"(루스 퀴벨)으로 우리 삶을 보다 편하고 풍요롭게 만든다.

자전거는 인간이 발명한 자가 동력 이동수단 중 가장 매력적인 물건이다. 바퀴, 기어, 페달, 안장, 브레이크 장치로 이루어진 이 단순한 동력 장치에 마음이 홀린 사람은 아주 많다. 소설가 잭 런던은 "자전거를 타본 적이 있는가? 자전거야말로 진짜 인생을 살

게 만든다"라고 했다. 어디든지 달려갈 수 있는 이동의 자유를 보장한다는 점에서 자전거는 자유의 다른 이름이다. 시몬 드 보부아르(1908~1986)도 자전거에 홀린 사람 중 한 명이다.

보부아르는 소르본대학 철학과를 졸업하고 교수자격시험을 준비하다가 장폴 사르트르를 만나 평생 연인으로 지냈다. 『제2의 성』『모든 인간은 죽는다』『초대받은 여자』와 같이 빼어난 작품을 쓴 보부아르는 여성해방운동에 앞장선 실존주의 철학자이자 소설가다. 대중에게는 세기의 지성인 사르트르와의 '계약결혼'으로 유명한데, 소설 『타인의 피』에서 작중인물의 입을 빌려 "저 아름다운 노란색 안장에 앉아 두 손으로 핸들을 잡으면 천국이 따로 없을 거야"라고 말한다.

보부아르는 1940년, 32세 때 처음 자전거 타는 법을 배웠다. 기능성과 아름다움이 완벽하게 합쳐진 자전거로 거리를 누비면서 해방감과 자유를 느꼈다. 그는 자전거 타기가 "무척 뿌듯하고 재미있었다"라고 일기에 적었다. 보부아르는 독일군이 파리를 점령한 전시戰時에도 자전거로 파리 시내를 누볐다. 1940년 7월 29일, 사르트르에게 보낸 편지에서 "인생의 새로운 기쁨을 찾았어요. 이제부터 내 소망은 자동차가 아니라 내 자전거를 한 대 갖는 것뿐이에요"라고 썼다.

이쾌대의
야구 배트와 공

스포츠는 몸을 단련하며 몸의 능력치를 키우고 그 쾌락을 경험하는 수단이다. 어쩌면 인간 무의식에 남은 수렵 본능의 발현일지도 모를 스포츠에 열광한 예술가는 드물지 않다. 헤밍웨이는 권투에, 프랑수아즈 사강은 스포츠카에, 무라카미 하루키는 마라톤에 열중하고, 카뮈와 윤동주는 청소년기에 축구의 매력에 푹 빠졌다. 카뮈는 "내가 아는 인간의 도덕과 의무에 대한 모든 것을 축구를 통해 배웠다"라고 고백한 바 있다.

한국 근대미술사의 거장 이쾌대李快大(1913~1965)는 1930년대 휘문고보 재학 시절, 야구선수였다. 배트를 휘두르고 숨을 헐떡이며 베이스를 돌 때, 배트에 맞은 공이 경쾌한 타음과 함께 포물선을 그리며 까마득히 날아갈 때, 어쩌다 터진 '역전 만루홈런'에 짜

릿한 기쁨을 느꼈을 테다. 일찍이 좌익 사상에 기운 그가 자본주의 체제에서 번성하는 야구에 몰입했다는 것은 아이러니다.

이쾌대의 그림을 처음 접한 게 언제인지 불분명하지만 덕수궁 국립현대미술관의 어느 전시에 걸린 대작 〈군상—해방고지〉에 압도되어 '우리에게 이런 화가가 있었나?' 하고 화들짝 놀란 기억은 또렷하다. 특히 〈두루마기 입은 자화상〉의 서늘한 아름다움에 반해 화집을 구해 자주 들여다보고는 했다. 이쾌대는 월북 화가로 남쪽에서는 그림 자체가 금기시되다가 1988년 납·월북 작가의 해금 조치와 함께 뒤늦게 대중에게 알려졌다.

이쾌대는 경북 칠곡에서 토호의 막내아들로 태어나 휘문고보를 거쳐 도쿄의 제국미술대학에서 수학했다. 1941년 도쿄에서 이중섭, 문학수 등과 함께 신미술가협회를 조직하고 이 모임과 조선미술문화협회 등을 이끌었다. 6·25전쟁 때 서울에 남았다가 북한군의 선전미술에 가담하고 거제도 포로수용소에서 휴전을 맞는데, 1953년 포로 교환 때 자진해서 북한으로 넘어갔다. 북한에서 조선미술가동맹 화가로 활동하다가 1965년 2월 20일 자강도에서 53세로 세상을 떴다고 한다.

김영랑과
유성기

1934년 4월에 김영랑金永郎(1903~1950)이 내놓은 「모란이 피기
까지는」은 우리 시의 절창이다. 피고 지는 꽃과 오고 가는 계절의
순환에 놓인 생의 덧없고 찬란한 슬픔을 곱씹으며 '모란'을 노래
한 이 시는 지금도 널리 사랑을 받는다.

영랑은 강진의 지주 집안에서 태어나 강진보통학교를 거쳐
1917년 서울의 명문사학 휘문의숙에 진학했다. 당시 휘문의숙
에는 선배로 홍사용과 박종화가 있고, 후배로 정지용과 이태준
등이 다니고 있었다. 3·1운동 때 종로통에서 독립 만세를 부르
다 일경에 잡혔다가 풀려난 뒤 고향으로 내려가 만세 운동을 모
의하다 발각돼 대구형무소에서 옥고를 치렀다. 영랑은 휘문의
숙을 마치지 못한 채 일본 유학을 떠났다가 1923년 관동대지진

때 돌아왔다.

　1930년 3월, 친구 박용철이 주재하던 〈시문학〉 창간호에 서정성 짙은 시편을 내보이며 등단했다. 1935년 11월에 '시문학사'에서 『영랑시집』을 펴냈다. 해방 뒤 사회운동에도 참여해 대한독립촉성회에 관여하고 강진대한청년회 단장을 지냈다. 고향에서 머무르던 영랑은 서울로 올라와 1949년 무렵 공보처 출판국장을 지냈다. 1950년 6·25전쟁이 터졌을 때 영랑은 미처 피난을 떠나지 못하고 서울에 숨어 있었다. 9·28수복 하루 전, 영랑은 거리에 나왔다가 불운하게도 유탄에 맞아 47세로 세상을 떴다.

　영랑은 유성기로 국악과 서양 명곡을 즐겨 들었다. 개화기에 일본을 거쳐 들어온 유성기는 고가였던 터라 일반 가정에서는 소장은 엄두도 내지 못한 물건이다. 1926년 11월 경성방송국이 개국하고, 1930년대 라디오와 유성기의 보급이 활발해졌다. 이난영의 〈목포의 눈물〉, 남인수의 〈애수의 소야곡〉, 이애리수의 〈황성옛터〉, 김정구의 〈눈물 젖은 두만강〉 같은 대중가요가 대유행이었다. 영랑은 특히 이화중선李花中仙의 소리를 들으며 "이게 이 나라의 제일 슬퍼 못 견딜 소리"라며 감탄했다. 영랑은 그 슬퍼 못 견딜 소리에 감응하면서 아름다운 모국어로 시를 빚어냈던 것이다.

로자 룩셈부르크의
새와 꽃과 조약돌

1893년 제2인터내셔널 취리히 대회에서 불과 스물두 살의 여성이 '폴란드 왕국 사회주의당'의 존재를 알리며 국제무대에 등장한다. 최초의 여성 마르크스주의자, 『자본축적론』을 쓴 여성, 프롤레타리아 혁명과 반전 시위를 이끈 '붉은 로자'! 로자 룩셈부르크(1871~1919)의 생애는 앎과 삶이 하나로 포개진 것이었다. 레닌은 혁명가 로자를 가리켜 "독수리가 암탉보다 낮게 나는 경우도 있다. 그러나 암탉은 결코 독수리보다 높이 날 수 없다. 그녀는 독수리였으며 독수리로 남을 것이다"라고 칭송했다. 로자는 제정러시아에 병합된 폴란드 한 도시의 유대인 부르주아 가정에서 다섯 남매 중 막내딸로 태어났다. 어려서 골수 결핵을 앓아 다리를 절룩이는 장애를 안고 살았다. 열다섯 살 때 지하 프롤

레타리아당에 가입하고, 애국주의 비밀결사에 뛰어들었다. 이 당
찬 열여덟 살 소녀는 국경을 넘어 스위스 취리히로 망명했다. 거기
서 독일의 사회민주주의 성향 신문사에서 교정을 보며 취리히대
학에서 철학을 공부하는 한편, 마르크스주의자들과 교유했다.

강철 심장으로 단련된 로자는 '차가운 태양'이요 '불타는 눈송
이'였다. 고양이를 사랑하고, 괴테와 톨스토이 소설을 즐겨 읽던
혁명전사는 인간에 절망할 때 작고 여린 새와 꽃과 조약돌에 눈
길을 돌렸다. 로자는 당 집회에서 반전을 주장하고 파업을 선동했
다. 반국가 음모죄와 선동죄 등으로 감옥을 자주 드나들고 암살의
위협을 받았지만, 로자는 제 신념을 굽히지 않았다. 1914년 유럽
이 전쟁에 휘말리고, 1917년 러시아에서 볼셰비키 혁명이 일어났
다. 세계는 군국주의와 민족주의가 발호하며 '광기의 시대'로 들
어섰다. 1919년 1월 15일 밤, 로자는 체포되었다. 피투성이가 된
채 쓰러진 로자의 왼쪽 관자놀이를 총알이 꿰뚫었다. 군인들은 세
상을 더 좋게 바꾸고자 했던 여성의 시신에 돌을 매달아 베를린
의 운하에 버렸다.

장폴 사르트르의
파이프와 펜

1944년 독일이 패퇴한 뒤 해방된 파리는 경이로운 '실존주의' 철학의 시대를 맞는다. 그 중심에 사르트르(1905~1980)와 보부아르(1908~1986)가 있었다. 두 사람은 '실존주의'라는 영토 없는 제국의 왕과 왕비였다. 사르트르의 강연에는 늘 엄청난 인파가 몰리고, 그의 목소리는 청중의 환호성에 파묻히기 일쑤였다. 하지만 정작 실존주의가 뭔지 몰라 다들 '실존주의가 뭐야?'라고 고개를 갸우뚱거렸다.

사르트르는 '존재는 본질에 선행한다'라는 명제 아래 '현기증, 관음증, 수치, 가학성, 혁명, 음악, 섹스' 같은 것들을 철학으로 환원시켰다. 그는 '기대, 피로, 두려움, 흥분, 언덕 오르기, 갈망하는 연인을 향한 열정, 원하지 않는 것에 대한 반감, 파리의 정원, 르

아브르의 차가운 가을바다, 푹신한 쿠션 위에 앉는 느낌, 누운 여인에게서 느껴지는 육감적인 젖가슴, 권투시합에서 느끼는 스릴, 영화, 재즈, 타인의 시선, 이 모든 것에 관한 것'으로 실존주의 철학을 빚어낸다.

사르트르는 1905년 6월 21일, 부르주아 계급의 가정에서 외동아들로 태어났다. 1929년 사르트르는 보부아르를 처음 만난 뒤 곧 '계약결혼'에 합의했다. 1980년 4월 15일, 사르트르의 죽음이 둘을 갈라놓을 때까지 군건한 철학의 동지이자 연인이었다. 두 사람은 집과 물건을 소유하는 일에는 관심이 없었다. 사르트르는 노벨문학상이나, 프랑스의 가장 명예로운 국가훈장조차 거부했다.

사르트르는 수중에 들어오는 돈을 다 써버리는 것으로 유명했다. '돈이 들어오기 무섭게 마치 손에 든 수류탄을 자신에게서 멀리 던져버리려는 듯 남에게 주어버렸다.' 그가 커다란 지폐 다발을 들고 다니면서 웨이터들에게 뿌리는 팁은 전설이었다. 둘은 평생 집도 절도 없이 값싼 생제르맹 호텔을 집 삼아 살며 카페 플뢰르나 두 마고에 나가 글을 쓰고 사람들을 만났다. 사르트르가 늘 몸에 지닌 물건은 파이프와 펜이었다. 하지만 그마저도 특별한 애착을 품지 않고 "그것들은 내 손 안의 망명객들일 뿐이다"라고 고백했다.

카프카와
타자기

프란츠 카프카(1883~1924)는 현대 소설의 시작점이다. 그는 20세기에 깃든 불안의 공포를 꿰뚫어보고, '세상의 어리석음에 대해 반어적으로 관대하고, 그렇기 때문에 고통스럽도록 유머로 가득차 있는' 작품들, 즉 『변신』 『성』 『소송』 『시골의사』 같은 소설을 써냈다. 카프카는 소설보다 훨씬 더 방대한 3천 쪽에 달하는 일기와 편지를 남기고, 41세에 폐결핵으로 사망했다.

1883년 7월 3일, 프라하의 유대인 가정에서 태어난 이 깡마르고, 허약하고, 노이로제와 불면증을 앓던 청년 카프카는 소설가이기 전에 법률가였다. 그는 법과대학을 졸업하고 지방법원과 형사법원에서 법률 실무를 보다가 그만두고 보헤미아 왕립 노동자재해보험공사에 들어갔다. 카프카는 1908년에서 1922년까지 14년 동안 공사 직원으로 근무했다. 퇴근하고 밤중에 무언가를 끼적이는 일이 그의 '유일한 욕구'였다.

그는 유능했지만 밤새 소설을 쓴 탓에 상사에게 거짓말을 했다. 『판결』을 밤새 쓴 이튿날 아침, 직장 상사에게 "저는 오늘 아침 일찍 가벼운 기절을 했고 약간의 열이 있습니다. 그런 연유로 집에 머물고 있습니다. 오늘, 비록 아마도 열두 시 이후가 되겠지만, 사무실에 나갈 것입니다"라고 편지를 썼다. 그는 병을 핑계로 종종 휴가를 신청했지만 퇴근 후 산책, 목공소 일, 승마, 수영, 조정漕艇과 같이 몸 쓰는 활동에 매달렸다.

카프카가 펠리체 바우어라는 여성을 만난 것은 1912년 여름, 친구 막스 브로트의 집에서였다. 둘은 공식적인 약혼식을 올렸지만 결혼하지는 못했다. 카프카는 연애편지에서 "타자기에 새 종이를 끼워넣으면서 어쩌면 실제의 내 모습보다 더 까다롭게 제 자신을 묘사했을지도 모른다는 생각이 듭니다"라고 썼다. 카프카는 펠리체에게 총 5백여 통의 편지를 보내는데, 주로 타자기로 편지를 썼다. 카프카는 일기에 "자연스럽게 타자기에 이끌린다"라고 쓸 정도로 타자기에 빠져 있었다. 타자기로 글을 쓰면 필체에서 드러나는 감정 따위를 감출 수 있는 '익명성' 때문에 그 기계에 매혹됐던 것이다.

나혜석과
이혼 고백장

나혜석(1896~1948)은 도쿄미술학교 출신 서양화가로 '구미만
유歐美漫遊'를 경험한 일제 강점기의 신여성이다. 1930년 5월 〈삼
천리〉의 설문에 "장차 여성운동에 나서려 합니다"라고 한 것을
보면 '여권 운동자의 시조'라는 깨인 의식이 뚜렷했다. 그는 근대
여성 활동가로 자취를 남겼건만 가부장제의 굳은 인습에 맞서다
가 날개를 꺾여 '비탄, 통곡, 초조, 번민'에 휩싸여 행려병자로 떠
돌다가 죽음을 맞은 비운의 인물이다.

나혜석은 시흥과 용인 군수를 지낸 나기정의 딸로 일본 유학을
다녀온 뒤 1920년 변호사 김우영의 재취 자리로 들어갔다. 그런
데 11년 반 결혼생활을 하며 딸 하나, 아들 셋을 둔 상태에서 사
랑에 빠졌다. 남편 친구인 최린을 파리에서 만나 식당과 극장을

돌아다니고, 뱃놀이 등을 하며 연애에 빠진 것이다. 나혜석은 "나는 공을 사랑합니다. 그러나 내 남편과 이혼은 아니 하렵니다"라고 고백하기에 이른다.

만삭으로 개인전을 열고, 페미니즘 소설을 내놓는 등 다양한 활동을 펼치던 나혜석은 최린과의 연애사로 35세 때 이혼당했다. "미증유의 불상사, 세상의 모든 신용을 잃고, 부모 친척의 버림을 받고 옛 좋은 친구를 잃"었다고 이혼의 심경을 밝혔다. 고립된 채 뼈를 긁어내는 듯한 고통 속에 있던 나혜석은 1934년 〈삼천리〉 8월호와 9월호에 걸쳐 「이혼 고백장」을 내놓는다.

나혜석은 자기는 정조 관념이 없으면서 처에게는 정조를 요구하는 남성 행태를 비판하고, "정조는 도덕도 법률도 아무것도 아니요, 오직 취미다"라고 외쳤다. 이 외침은 전근대 사회에 울려 퍼진 남성중심적 사회를 향한 날선 도발이요 절규였다. 또한 여성의 성적 결정권이 여성에게 있음을 알린 여성 인권 선언문이었다. 그에게 돌아온 것은 '서방질한 것' 혹은 '문란한 여자'라는 낙인과 집단 조리돌림이었다. 당대의 주류 도덕 규범을 앞질러나가며 "에미는 선각자였느니라"라고 외친 나혜석은 형제 친척에게마저 따돌림당한 채 거리를 떠돌다가 빈사 상태로 쓰러져 죽었다.

백석과
맥고모자

백석(1912~1996)은 우리 문학사에 남을 만큼 빼어난 시인이다. 그가 평북 정주의 오산고보를 졸업하던 해에 화가 이중섭, 문학수 등과 소설가 황순원이 입학했다. 백석은 조만식, 홍명희 등이 교장을 지낸 오산고보를 거쳐 도쿄의 아오야마가쿠인대학 영어사범과를 나왔다. 조선일보 교열부에 입사했다가 월간지 〈조광〉을 창간할 때 출판부로 자리를 옮겼다.

1936년 선광인쇄주식회사에서 북방 정서가 듬뿍 서린 첫 시집 『사슴』이 100부 한정판으로 나왔다. 「가즈랑집」「여우난골족」「모닥불」「주막」 등 시 33편을 담은 첫 시집은 문단 안팎에서 화제였다. 평양숭실고보 학생 윤동주는 「사슴」을 필사했다. 백석은 서울을 떠나 함흥의 영생고보에서 두 해 동안 영어를 가르쳤다. 1939년 1월, 서울로 돌아와 함흥 시절 연인 '자야'와 재회하고 "눈이 푹푹 쌓이는 밤 흰 당나귀 타고/산골로 가자 출출이 우는 깊은 산골로 가 마가리에 살자/(중략)/산골로 가는 것은 세상한테 지는 것이 아니다/세상 같은 건 더러워 버리는 것이다"라는 「나와 나타샤와 흰 당나귀」를 썼다. 백석은 청진동에서 '자야'와 동거하며 조선일보에 재입사해 월간지 〈여성〉 편집주임이 되었다.

수려한 외모가 돋보이는 장발에 코트 자락을 휘날리던 '모던뽀이'는 여름이면 맥고모자를 썼다. 여름에 쓰는 입자笠子의 하나인 이 맥고모자를 즐겨 썼다. 백석은 〈동아일보〉 1938년 6월 7일자에 발표한 수필에서 "이렇게 맥고모자를 쓰고 삐루[맥주]를 마시고 날미역 내음새 맡으면 동해여, 나는 그대의 조개가 되고 싶읍네"라고 적었다.

만주 일대를 유랑하던 백석은 해방 무렵 고향으로 돌아와 조만식의 통역으로 일하면서 러시아 문학작품 번역에 매달렸다. 1948년 10월, 〈학풍〉에 「남신의주 유동 박시봉방」을 발표하는데, 그게 남한의 문예지에 발표한 마지막 시다. 백석은 1959년 1월 초 양강도 삼수군 관평리의 농업협동조합 축산반에서 양 치는 일을 하다가 그곳에서 1996년 85세에 눈을 감았다.

알베르 카뮈와
흰 양말 한 다스

그 많던 『이방인』을 읽던 문학 소년들은 다 어디로 갔을까.
1960년대에는 문학 소년들 사이에서 『이방인』을 읽는 게 대유행
이었다. 카뮈(1913~1960)는 프랑스의 식민지인 알제리의 이민자
가정에서 태어났다. 아버지 뤼시앵 카뮈는 19세기 말 프랑스에서
알제리로 이주한 포도 농장 관리인이었다. 아버지는 1차대전이
일어나자 징집되었다가 사망했다.

카뮈는 편모슬하의 가정에서 자랐다. 완고한 외할머니는 가난
을 이유로 카뮈의 중학교 진학을 반대했다. 가난과 폐결핵이라는
이중고를 겪으며 성장한 카뮈의 행운은 지중해와 태양, 북아프리
카의 향일성 식물의 꽃들로 뒤덮인 자연 속에서 문학적 감수성을
키울 수 있었던 점이다. 카뮈가 "나는 바다에서 자라 가난이 내게

는 호사스러웠는데, 그후 바다를 잃어버리자 모든 사치는 잿빛으로, 가난은 견딜 수 없는 것으로 보였다"라고 쓴 것은 솔직한 고백이다. 그를 작가로 이끈 것은 어머니, 가난, 하늘에 비낀 아름다운 저녁놀 같은 것이었다.

초등학교 때 만난 제르맹 루이 선생님, 그리고 알제 남자고등학교의 철학교사로 부임한 장 그르니에. 고마운 두 스승이 없었다면 우리는 『이방인』 『시지포스의 신화』 『반항인』 등을 써낸 실존주의 사상가이자 작가로 우뚝 선 카뮈를 만날 수 없었을지도 모른다. 두 스승의 사랑을 듬뿍 받은 덕분에 카뮈는 학업을 잇고 작가로 성장할 수 있었다.

카뮈는 1934년 6월 16일, 알제의 유명한 안과 여의사의 딸인 시몬 이에와 결혼했다. 이때 카뮈는 21세, 신부는 20세였다. 둘은 같은 대학을 다녔는데, 시몬은 대학 내에서 '바람기 많은 모르핀 중독자'로 소문나 있었다. 시몬에게서 마약을 빼앗아 건강한 삶을 되찾아주려고 애썼건만 끝내 실패했다. 시몬이 마약을 공급해주던 의사의 정부情婦라는 게 드러나면서 결혼은 끝장났다. 카뮈가 꿈에 부풀어 결혼을 결심할 때 어머니는 아들에게 결혼 선물로 무얼 원하느냐고 물었다. 카뮈는 웃으며 대답했다. "흰 양말 한 다스요."

허먼 멜빌과
포경선

1848년 미국이 멕시코와의 전쟁에서 승리를 거두고, 캘리포니아에서는 금이 발견되었다는 소식이 동부 도시에 퍼졌다. 1850년대 미국은 철로를 통해 동부에서 대륙을 가로질러 서부의 미개척지로 뻗어나갔다. 금을 좇는 사람들이 서부로 몰려들던 그 시절, 31세의 작가 허먼 멜빌(1819~1891)은 아침마다 책상 앞에 앉아 오후 네 시까지 소설을 써나갔다. 『모비 딕』에서 21세 청년 이스마엘은 '요원한 것에 대한 끊임없는 갈망'을 품고 에이허브 선장이 모는 포경선에 올랐다.

멜빌은 지구를 뒤덮은 바다라는 황무지에 주목했다. "바다는 스스로를 잡아먹는다. 바다의 모든 짐승들은 서로를 잡아먹으며 천지개벽 이래 끝나지 않은 전쟁을 벌인다." 그는 본디 고래잡이

선원으로 포경선을 타고 남태평양을 누볐던 사람이다. 때로는 마법 같은 고요로 덮인 매끄러운 비단 같은 바다, 때로는 용틀임하는 험난한 바다에서 펼쳐지는 흰고래를 쫓는 『모비 딕』은 전통 서사 양식에서 크게 벗어난 작품이다.

해양소설 『모비 딕』이 처음 세상에 나온 것은 1851년이다. 멜빌은 자기가 겪은 해양 모험을 담은 첫 소설을 펴내며 작가의 길로 들어섰지만, 그뒤로는 내리막길이었다. 바다의 위협에 맞서며 흰고래를 쫓는 경이롭고 장엄한 소설은 별다른 주목을 받지 못했다. 그가 죽을 때까지 겨우 3천 715부가 팔렸을 뿐이다. 멜빌은 『모비 딕』의 판매고에 낙담했다. "돈이 나를 저주하네요"라고 고백할 정도로 생활고에 시달렸다.

멜빌은 "인생은 아주 짧고, 너무나 터무니없고 부조리해서 어떻게 해야 할지 모르겠어"라고 한 편지에 썼다. 1863년, 남북전쟁이 한창일 때 가족을 이끌고 버크셔카운티에서 뉴욕시로 이사했다. 소설을 접고 스무 해 동안 세관 검사원으로 일했다. 1880년대에 뜻밖에도 유산을 상속받자 세관을 그만두고 뉴욕시 26번가의 방에 칩거하며 읽고 쓰는 일을 이어갔다. 멜빌은 둘째 걸작인 『빌리 버드』를 완성하고, 1891년 72세로 세상을 떴다. 그의 집필대 안쪽에 이런 메모가 적혀 있었다. "젊은 날의 꿈을 저버리지 말라."

마릴린 먼로와
스웨터

마릴린 먼로(1926~1962), 섹시한 여배우의 아이콘이지만 또 그만큼 끔찍한 운명에 사로잡힌 이를 찾기도 힘들다. 보육원과 열 군데도 넘는 위탁 가정을 전전하고, 여러 번 결혼하고 애인은 더 많았다. 그사이 스무 번이나 낙태를 했다. 야구선수 조 디마지오에 이어 작가인 아서 밀러와 결혼했지만 다 실패로 끝났다. 술과 수면제로 불안과 망상을 잠재우고, 외할머니에서 어머니로 이어지는 모계 병력病歷인 '경계성 망상형 정신분열증'을 겪다가 36세에 죽음을 맞았다.

소녀 노마 진(먼로의 본명)은 고아원에서 주는 낡은 스커트와 블라우스를 입었다. 어느 날 블라우스를 꿰매다 학교에 늦자 다른 여자아이의 스웨터를 빌려 입고 학교에 갔다. 수학시간이었는데,

모두들 노마를 쳐다봤다. 12세 소녀의 몸에 꽉 끼는 스웨터 속 가슴이 성인 여자만큼 솟아올라 있었던 것이다. 그날 이후 남자애들이 '입에 장미를 문 뱀파이어'를 따라다니듯 노마의 주변을 에워쌌다.

자기 몸이 얼마나 매력적인가를 알아챈 노마는 불과 15세에 결혼해 동물원 같은 보육원을 벗어났다. 하지만 결혼생활은 그다지 행복하지 않았다. 무료함에 지쳐 거리에 나가 행인을 구경하거나 어린아이들과 놀았다. 1944년 멜빵바지를 입고 낙하산 제조 공장에서 일하다가 결국 이혼했다. 할리우드로 이사와서 광고사진 모델로 나서 생활비를 벌고, 배우가 되기 위해 연기수업을 받았다. 돈이 없어 늘 허기진 채로 잠들었다.

'모든 영화배우는 영화라는 천국의 현관에 앉아 있는 천재들'이라고 여겼다. 50달러를 받고 누드모델을 하던 먼로는 〈신사는 금발을 좋아해〉〈백만장자와 결혼하는 법〉〈뜨거운 것이 좋아〉 같은 영화를 찍으며 영화계의 스타로 떠올랐다. 하지만 대중은 그를 여신의 아름다움과 새의 두뇌를 가진 '멍청한' 배우로 여겼다. 이는 사실과 달랐다. 먼로는 대중의 시선이 가닿지 않는 곳에 제 '지적 능력'을 감췄을 뿐이다.

박태원과
안경

　유복한 집안에서 태어나 경성제일고보를 거쳐 도쿄 호세이대
학 예과에 입학한 박태원(1909~1986)은 '수염이 얼굴에 주는 영향
을 미학적 견지에서 고찰'하고 멋을 따르는 댄디즘 청년이었다.
도쿄 하숙방에서 뒹굴며 소설이나 읽다가 유학을 작파하고 돌아
올 때는 일본에서 대유행하는 '갓파머리'를 하고 나타났다.

　박태원은 서울로 돌아와서 이태준, 정지용, 김기림 등의 '구
인회'에 들어가 이상(1910~1937)과는 단짝 친구로 어울렸다. 둘
은 서울 토박이에다 동년배이고, 댄디즘과 술과 카페 종업원과의
연애에 탐닉하는 등 취향이 겹쳤다. 게다가 이상이 백부 유산으로
차린 청진동 '제비다방'과 박태원의 '경성부 다옥정 7번지' 집
은 몇 걸음 떨어지지 않은 거리에 있었다. 둘은 소공동의 서구

식 카페 '낙랑파라'를 드나들고, 술과 연애에 빠져 패덕과 일탈의 자유를 누렸다.

『소설가 구보씨의 일일』은 하루 동안 서울의 세태를 관찰하고 되살려낸 '고현학적' 작품이다. "코 위에 걸려 있는 이십사 도의 안경은 그의 근시를 도와주었으나, 그의 망막에 나타나 있는 무수한 맹점을 제거하는 재주는 없었다. 총독부 병원시대의 구보의 시력 검사표는 그저 그 우울한 '안과眼科 재래再來'의 책상서랍 속에 들어 있을지도 모른다." 이 소설의 주인공 '구보'는 평생 안경 신세를 지는 저주받은 시력을 가진 사람이다.

박태원은 1950년 6·25전쟁 때 서울로 돌아온 이태준과 안회남을 따라 단신으로 월북했다. 북한에서 종군기자, 평양문학대학 교수, 국립고전예술극장 전속작가를 전전하다가 1956년 숙청당해 집단농장으로 쫓겨났다가 복귀해 '혁명적 대창작 그루빠'에 소속되어 『갑오농민전쟁』을 썼다. 박태원은 57세 때 안질환에 시달리다가 실명한 뒤 전신불수로 누운 병상에서 구술로 대하소설을 완성하는 집념을 보였다.

이상의
백구두와 스틱

　문학과 미술, 영화를 아우르는 박물적 지식과 재치 있는 말솜씨를 지녔던 이상(1910~1937)의 약사略史는 온갖 스캔들로 가득 차 있다. 1930년대 중반 어느 날, 기이한 사내 셋이 서울 거리를 걷고 있었다. 꼽추 화가 구본웅, 소설가 양백화, 백구두에 스틱을 휘두르는 이상이 그 일행이다. 어린아이들이 '곡마단' 패거리가 왔다고 뒤를 따랐다.

　이상의 이름 앞에는 '천재'라는 수식이 붙는다. 너무 일찍 식민지 조국에 와서 문학과 위악僞惡을 구명보트 삼아 표류하던 이상, 운명을 한껏 희롱하다 27세에 생을 끝낸 그는 진짜 박제가 된 천재일까? 단편 「날개」 「지주회시」 「봉별기」 등과 「오감도烏瞰圖」 연작시, 숱한 기행과 일화逸話를 유산으로 남겼다. 본명 김해

경金海卿. 근대 서울의 '댄디보이' 이상, '위트와 패러독스가 넘치는 화술'로 무장한 '건담가健談家' 이상! 경술국치의 해에 태어나 경성고공 건축과를 수석首席으로 나와 조선총독부 내무국 건축과 기수로 일했다.

폐결핵으로 퇴직한 뒤 카페 경영자로 나서 '제비다방' '쓰루' '69' 등을 열었다. 카페는 경영난에 부딪히며 문을 닫았다. 그는 백수로 지내다 도쿄로 건너가 '불령선인不逞鮮人'으로 니시간다 경찰서 유치장에 수감되었다. 1937년 4월 17일, 그가 도쿄제국대학 부속병원에서 사망했을 때 화가 길진섭이 석고로 데스마스크를 떴다. 병원이 밝힌 사인은 폐결핵이 아니라 '결핵성 뇌매독'이었다.

수필가 김소운金素雲은 종로의 한 다방 낙서장에서 그 길쭉한 얼굴, 헝클어진 머리털, 구레나룻에 묻힌 자화상과 그 옆에 '이상분골쇄신지도李箱粉骨碎身之圖'라고 쓴 것을 보았다. 이상이 휘갈긴 것이다. 김소운은 이상과 친했는데, 큰 키에 삐쩍 마른 몸통, 길쭉한 얼굴, 봉두난발과 구레나룻에 창백한 얼굴, 겨울에도 백구두를 신고 상반신을 흔들며 걷는 이상이 "표표하고 멋이 있었다"고 적었다.

앙리 마티스와
안락의자

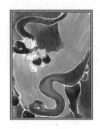

우리는 물건의 집합 위에 삶을 세운다. '나'와 '내 것(물건)' 사이를 가르는 경계는 흐릿하다. 내 물건과 '나'는 하나다. 물건은 그 소유자의 감수성, 취향, 지위를 드러낼 뿐 아니라 욕구와 필요의 흔적, 때로는 자아를 대신한다. 물건은 미적 감수성과 취향에 연관된 경험의 중요한 부분이고, 우리 내면의 보이지 않는 욕구를 증언한다.

화가 앙리 마티스(1869~1954)는 1905년 거트루드 스타인의 파리 플뢰르가 27번지 아파트를 드나들며 예술가들과 교류했다. 평생 교유한 피카소도 그곳에서 처음 만났다. 20세기 초반 비평가들은 '색과 빛에 대한 새로운 스타일의 실험적인 그림'을 그린 마티스를 앙드레 드랭André Derain과 묶어 조롱하는 뜻으로 '야수파'

라고 명명했다.

1942년 어느 봄날. 70대 노인이 파리 시내의 골동품 가게를 들여다보다가 18세기 바로크 양식의 안락의자를 보았다. "1년 내내 원하던 물건을 찾았어. 그걸 보니…… 너무 충격 받아서 정신이 멍해졌어. 정말 아름답고 멋진 이것에 홀딱 반했지 뭔가. 이 의자를 만났으니 올여름에는 작업의 속도를 올릴 수 있을 거야." 이 안락의자에 열광한 이가 마티스다. 당시 그는 독일군에 함락되기 직전인 파리에서 인간의 광기와 전쟁에 절망하고, 아들은 전쟁에 징집된 채 암담한 날을 보내던 터였다. 그에겐 안락의자가 있었지만 새 안락의자를 들이지 않을 수가 없었다.

마티스는 왜 그토록 18세기 바로크 안락의자에 집착했을까? 단지 물욕이나 기분전환을 위해서 이것을 사들인 게 아니었다. 그는 이미 머리털과 수염이 하얗게 센 노인이었지만 이 충직한 물건에서 '지각知覺의 생기'를 얻고 '심오한 감정'과 느낌을 투사했다. 아라베스크 무늬와 이국적인 것의 매혹에 빠진 그에게 이 안락의자는 '필생의 역작'을 위해 반드시 필요했다. 마티스가 그린 1946년 작 〈로카이유 장식의 안락의자〉는 이렇게 탄생했다.

에릭 사티와
펠트 모자

파리 몽마르트르의 카바레 '검은 고양이'에서 피아노를 치고, 봉두난발에 펠트 모자를 즐겨 쓰고 자신을 '가난뱅이 씨Monsieur le Pauvre'라고 불렀다. 32세부터 죽을 때까지 27년 동안 피아노 한 대와 쓰레기가 뒤범벅된 파리 교외의 아파트에서 아내도 아이도 없이 가난과 고립을 벗삼아 살았다. 바로 현대 음악가 에릭 사티(1866~1925)의 얘기다.

사티는 25세 때 작가 겸 점성술가인 조제핀 펠라당이 만든 '미학적 장미 십자단'에 들어갔다. 평생 예술과 신비를 통해 미를 따르겠다는 서약을 해야만 회원이 될 수 있는 단체다. 사티는 잡지에 공개서한을 보낸 뒤 1년 만에 펠라당 무리와 결별했다. 32세 때부터 〈차가운 소품들〉 〈배(梨) 모양을 한 세 개의 소품〉 〈한 마

리 개를 위한 물렁물렁한 진짜 전주곡〉 등 익살스러운 제목의 피
아노곡을 잇달아 써냈다.

사티는 타자기나 사이렌 소리 같은 기계적인 음향과 리듬에 영
감을 받아 새로운 곡을 써내면서 악보에 음악 기호 대신에 '이가
아픈 꾀꼬리 같이'라든가, '놀라움을 지니고'라고 적었다. 장 콕토
와 함께 만든 '발레극'을 1917년 파리의 샤틀레 극장에서 공연했
다. 시대를 너무 앞서간 공연은 야유와 욕설이 난무하는 등 소동
을 빚었다. 사티는 기소되어 '8일간의 금고와 100프랑의 벌금형'
을 받았다.

사티는 교향악단의 연주 무대에 뛰어들어 주먹다짐을 벌이고,
'예술원' 공모에서 낙방하자 소동을 벌였다. 한때 피카소, 장 콕
토, 드뷔시, 르네 클레르 같은 예술가와 교류하는 한편 트리스탕
자라 등과 '다다 운동'을 했다. 사티는 신을 '무능하고 어리석은
노인'이라고 맹비난하며 제 아파트를 영지領地로 삼아 고독한 군
주로 살았다.

이 괴팍한 음악가는 음주로 인한 간경화로 입원한 성 요셉 병원
에서 1925년 7월 1일, 59세로 세상을 떠났다. 사티는 대중에게서
야유를 받고 전위 음악을 하는 이들에겐 '음악의 신'으로 추앙받
았다. 〈사라방드〉〈짐노페디〉〈그노시엔〉 등은 전위 음악가인 존
케이지 등에게 영감을 준 것으로 알려졌다.

윤동주와
백석 시집

사람들은 인생의 특정 시기에 필요한 '물건'을 갈망한다. 손에 쥘 수 없는 것을 향한 갈망이 타오를 때, '그것을 갖는다면 소원이 없겠어!'라고 말한다. 하지만 소유 욕망이 이뤄질 때 만족감은 거짓말처럼 사라진다. 리베카 솔닛은 이 갈망을 "소망하는 삶을 시작하기 위해 영원히 연기된 예비 단계"에 지나지 않는다고 말한다.

윤동주(1917~1945)는 만주 화룡현 명동촌에서 명동학교 교원인 윤영석의 맏아들로 태어났다. 명동소학교를 거쳐 용정의 은진중학교에 입학한 동주는 1935년 평양의 기독교계인 숭실중학교로 전학갔다. 시에 빠진 동주는 백석이 서울의 조광인쇄주식회사에서 첫 시집 『사슴』을 냈다는 소식을 들었다. 문단 스타였던 백석이 조선일보 출판부에서 일하며 틈틈이 쓴 초기작 33편을 담은 100부 한정판 시집이다. 동주는 몸이 달았으나 끝내 귀한 시집을 손에 넣지는 못했다.

청년 동주는 도서관에서 빌린 백석 시집을 밤새워 베꼈다. 가 즈랑집, 깽제미, 물구지우림, 둥글레우림, 광살구, 모랭이, 노나리 꾼, 청밀, 냅일눈, 곱새담, 앙궁, 고뿔, 갑피기, 게사니, 울파주, 나 주볕, 땃불, 밭최뚝, 양지귀 같은 지금은 알아듣기 힘든 북방 사투 리로 가득한 이 필사 시집을 동주가 언제까지 품에 지니고 있었 는지는 알 수 없다.

동주는 서울의 연희전문 문과에 들어가 기숙사에서 지냈다. 나 중에 기숙사를 나와 후배 정병욱과 누상동 마루터기 하숙집, 누 상동 9번지 소설가 김송의 집, 북아현동 하숙집 등지를 떠돌았다. 동주는 일본 유학 허가를 받으려고 히라누마 도주平沼東柱로 창씨 개명을 하는 굴욕을 견뎌야만 했다. 도시샤대학 재학중 여름방학 을 맞아 귀향 준비를 하다가 하숙집에서 체포되었다. 1943년 7월 14일, 교토 시모가모 경찰서로 끌려갔다가 재판에서 2년형을 선 고받았다. 1945년 2월 16일, 동주는 해방을 여섯 달가량 남기고 후쿠오카 감옥에서 타계했다.

김향안과
수첩

　　김향안(1916~2004)은 고종 말년 중추원 참의직을 지낸 변국선
의 딸로 경기여고를 거쳐 이화여전 영문과를 다닌 재원이다. 본디
이름은 변동림. 조혼과 이혼을 겪고 딸 셋을 둔 '이혼남' 화가 김
환기와 재혼하고, 남편의 성姓과 아호인 '향안鄕岸'을 받아 김향안
으로 개명해서 평생을 살았다.

　　변동림은 이화여전 영문과에 다니던 스물한 살 때 가방 하나를
들고 집을 나와 천재 작가 이상과 동거를 시작했다. 둘은 함께 도
쿄로 갈 작정이었다. 결혼 석 달 만에 도쿄로 떠난 이상이 일본 경
찰에 체포되어 구금되었다가 갑자기 사망했다. 이상과 사별하고
7년이 지나 변동림은 김환기를 만나 재혼하면서 두 예술가의 뮤
즈가 되었다.

남편이 더 큰 뜻을 이루기 위해 파리에 가야겠다고 결심하자 미술평론을 공부하고 싶었던 향안은 그날로 프랑스어 교본을 구해 독학을 시작했다. 1955년 향안은 혼자 파리행 비행기를 탔다. 남편은 1년 뒤인 1956년 5월에 파리로 갔다.

1964년 두 사람은 뉴욕으로 거처를 옮겼다. 뉴욕 시절, 김환기는 날마다 10시간씩 그림을 그렸다. 그때 나온 게 김환기의 점화點畵 연작이다. 1970년 6월 7일, 점화 연작 중 하나인 〈어디서 무엇이 되어 다시 만나랴〉가 제1회 한국미술대상전에서 대상을 받았다는 소식이 날아왔다. 1974년 "세계 지도를 좀 연구하자. 우리도 여행하게"라고 말하던 김환기가 세상을 뜨고, 향안은 서른 해 동안 뉴욕에서 살다가 2004년 세상을 떴다.

김향안은 수십 년간 수첩에 단상을 기록하고, 시간이 날 때마다 뒤적여보았다. 향안은 그 수첩들을 '인생의 반려'로 끔찍하게 아꼈다. 그것은 '인종의 세월을 느끼고 투쟁과 항거의 의지'를 굳게 다지는 계기가 되었다. 수첩이 화재로 소실되자 향안은 "이 무섭던 날을 계기로 나의 수첩들은 사라지고 수첩의 기억만이 남았다"라고 썼다.

이사도라 던컨과
빨간 스카프

이사도라 던컨(1877~1927)은 미국 캘리포니아에서 태어났다. 집세를 제때 못 낼 정도로 가난한 집에서 어린 시절을 보내고, 21세 때 가족과 함께 가축운송선을 타고 유럽으로 건너갔다. 이사도라의 길들지 않은 영혼이 자유롭고 파격적인 춤사위로 터져 나왔다. 러시아와 유럽을 거쳐, 미국의 도시를 순회하며 공연을 한 이사도라는 '춤추는 여신'이라는 칭송을 받으며 '자유를 춤춘 것이 아니라 자유 그 자체였다'라는 평가를 받았다.

이사도라는 니체 철학과 휘트먼의 시, 러시아의 혁명시인 예세닌을 사랑했다. 1922년 5월, 이사도라는 18세 연하인 예세닌과 베를린에서 러시아식 결혼식을 올리고 신혼생활을 시작했다. 예세닌은 술집에서 살다시피 했고, 주사도 갈수록 심해졌다. 이사도라는 무용가로서 누릴 수 있는 영예를 다 누렸지만 예세닌의 주벽과 폭력으로 얼룩진 결혼생활은 끔찍했다.

궁핍에 빠진 자신을 위로하는 친구에게 이사도라는 말했다. "걱정 마, 방법이 있겠지. 네가 백합과 과일을 가져왔잖아. 난 백합 앞에서 춤추고, 과일을 바라본 후 먹을 테야." 이사도라는 친구가 선물로 준 길이 2미터의 크레이프 천으로 된 스카프를 좋아했다. "이 스카프가 마술을 부리는 것 같아, 메리. 스카프에서 전파가 흘러나오는 걸 느끼거든. 이 강렬한 붉은색을 봐. 심장에서 뿜어져 나오는 피 같아." 이사도라는 외출할 때 이 긴 스카프를 목에 둘렀다.

니스의 호텔에 머물던 어느 초가을 저녁, 이사도라는 한 청년이 운전하는 자동차를 타고 드라이브에 나섰다. "난 길 구석구석을 달려갈 테야. 이게 내 마지막 드라이브가 될지라도." 긴 스카프 자락이 땅에 끌리며 자동차 바퀴에 걸렸다. 자동차가 가속도를 내며 출발했다. 그 바람에 긴 스카프에 감긴 이사도라의 목이 급하게 꺾였다. 1927년 9월 14일 오후 9시 30분, 이사도라는 목이 부러져 즉사했다. 고통을 느낄 새도 없이 순식간에 일어난 사고였다.

박용래와
돈

박용래(1925~1980)는 '술꾼'이자 정 많은 '울보', 백제유적 놀뫼나루의 '늙은 애기' 시인이었다. 한시와 한학에 조예가 있던 소지주의 아들로 태어나 하눌타리, 수수이삭, 조이삭, 보리깜부기, 창포, 맨드라미, 달개비, 모과, 먹감, 능금, 수레바퀴, 멍멍이, 빈잔, 우렁껍질, 진눈깨비, 조랑말, 홍래鴻來 누이와 같이 다정하고 농경 친화적인 시를 쓰다가 갔다.

1939년 호서湖西의 명문 강경상업학교에 입학하면서 눈이 휘둥그레질 정도의 재능을 선보였다. 전과목 우등생에다 뛰어난 그림 솜씨를 선보였고, 학교를 대표하는 정구선수였다. 해방 직전 강경상고를 수석으로 나와 조선은행(지금의 한국은행)에 특채되었다. 서울 본점에서 소각장으로 나갈 헌 돈의 역한 냄새에 진절머리를 치며 헤아리는 게 청년 박용래의 첫 업무였다.

　이듬해, 무장 경호원이 딸린 러시아 블라디보스토크행 현금수송 열차에 입회인으로 자원했다. 조선은행권 지폐를 가득 실은 경원선 열차가 원산역을 지날 때 눈발이 한 점 두 점 비치더니 두만강 철교를 건널 때는 천지간이 온통 눈 세상이었다. 북방 지역의 대규모 폭설은 경이로움 그 자체였다. 그 눈발 얘기만 나오면 '오! 두만강, 오! 두만강' 하며 눈물을 비쳤다.

　조선은행을 나와 중학교 국어과 준교사 자격증을 따서 대전 철도학교, 한밭, 송악 등지에서 중학교 국어교사로 근무하다가 1956년 〈현대문학〉에 첫 추천을 받은 뒤 등단을 했다. 조산원助産員인 아내와의 사이에서 딸 넷과 아들 하나를 두면서 교사직을 사직하고 육아를 전담하는 '애업개'를 자청했다.

　1969년 첫 시집 『싸락눈』을 내고, 이어서 『강아지풀』 『백발의 꽃대궁』을 내며 대체 불가능한 재능을 지닌 서정시인으로 우뚝 섰다. "내사 새라면 판소리나 한마당 멋들어지게 뽑을 줄 아는 콩새"이고 싶다던 시인은 1980년 11월 21일, 심장마비로 집에서 별세했다. 55세였다. 사후에 시 전집 『먼 바다』가 나왔다.

빅토르 위고와
호밀 흑빵

 '수제手製' 물건은 투박한 솜씨와 균질하지 않은 재능의 산물이다. 사람들은 왜 수제품에 매혹될까? 미래학자 페이스 팝콘은 "수제품의 개성과 비교할 때 매끄럽고 빛나고 균일한 것은 이제 저렴함과 동일시된다. 우리는 인간의 손이 닿은 물건에 굶주려 있다"라고 말한다. 오늘날 동일성과 표준화 시스템에서 대량으로 쏟아지는 '매끄럽고 빛나고 균일한' 물건은 희소성과 개성적인 아름다움의 결핍을 드러낸다.

 루이 16세의 왕비 마리 앙투아네트는 농민들이 먹을 빵이 없다고 외치자 '그럼, 케이크를 먹지 그래'라고 했다가 분노를 샀다. 그 분노가 혁명의 촉매제가 되었다. 빅토르 위고(1802~1885)의 『레 미제라블』은 프랑스 혁명기를 배경으로 펼쳐진다. 빵 한 덩어리를 훔치고 19년간 감옥살이를 하고 출옥한 한 사내가 문전박대를 당하다가 주교의 집에서 '양고기 한 점, 무화과, 신선한 치즈, 호밀 빵 한 덩어리'와 와인 한 병을 대접받는다. 그는 호밀 흑빵을 허겁지겁 삼키며 배를 채운 뒤 주교의 은촛대를 훔쳐 밖으로 나온다.

위고는 반정부 인사로 낙인찍혀 19년간 망명생활을 했다. 나중에 국회의원과 상원의원을 지내면서 평생 부와 명예를 누리며 평탄한 삶을 살았다. 그도 호밀 흑빵을 즐겼다. 그 당시 호밀 흑빵은 프랑스인의 주식으로 공장에서 생산된 것이 아니라 대부분 가정에서 강력분과 호밀가루, 무염 버터와 소금, 갈색 설탕과 이스트를 섞고 반죽해서 구워낸 수제 빵이었다.

내가 어렸을 때 집에서 빵을 만드는 일은 드물지 않았다. 빵이건 물건이건 표준화된 방식으로 대량생산되는 시대로 접어들자 우리는 아무것도 만들지 않고 사서 쓰는 구매자이자 소비자가 되었다. 우리는 수작업으로 옷을 지어 입고 빵을 만들어 먹던 시대에서 대량생산된 것의 편의성에 기대어 과소비하는 시대로 밀려와버린 것이다.

임화와
깃발

조선 프롤레타리아 문학 동맹을 이끈 논객이고, 시인이자 영화 배우였던 임화(1908~1953). 그는 1908년 서울의 중산층 가정에서 태어나 보성고보를 다니다 가세가 기울자 중퇴한 뒤 문학과 영화에 홀렸다. 톨스토이, 고리키, 투르게네프 같은 러시아 문학에 심취한 이 '모던 보이'는 조선 프롤레타리아 예술가 동맹(카프KAPF)을 이끌던 박영희를 따르면서 이전과 다른 전위前衛의 삶으로 건너갔다.

임화는 해방 공간에서 "가난한 동포의/주머니를 노리는/외국 상관商館의/늙은 종들이/광목廣木과 통조림의/밀매를 의논하는/폐廢 왕궁의/상표를 위하여/우리는 머리 위에/국기를 날릴/필요가 없다!"라고 썼다. "더러운 하늘에 무슨 깃발이냐"라면서 "동포여 일제히 깃발을 내리자"라고 선동했다. 유치환의 "저 푸른 해원海原을 향하여 흔드는 영원한 노스탤지어의 손수건"이나 "백로처럼 날개를 펴고" 나부끼는 깃발과는 다른 임화의 깃발은 이념의 깃발, 해방의 깃발, 승리의 깃발이다.

임화는 「네거리의 순이」「우리 오빠의 화로」와 같은 시를 쓰고, 카프의 가면을 쓴 채 대중에게 부르주아 사상을 전파하려고 부화뇌동하는 문인을 향해 날 선 비판을 퍼부으며 카프 중앙위원에 진출했다. 박영희의 도움을 받아 도일渡日해서 카프 도쿄지부와 '무산자사無産者社'를 이끌었다. 1931년에 서울로 돌아와 카프 조직을 장악하지만 카프 조직원 1차 검거 때 종로경찰서에 붙잡혀 들어갔다. 카프 맹원 2차 검거 때 자진해서 해산계를 내면서 카프는 와해되었다.

해방 무렵 노동쟁의 현장에서 울려 퍼진 투쟁가들 대부분이 임화가 작시하고 김순남이 작곡했다는 건 잘 알려진 사실이다. 1947년 11월, 남로당의 우두머리 박헌영을 따라 월북하면서 그의 운명은 예측 불가능한 것이 되었다. 그는 6·25전쟁이 일어나자 인민군의 종군기자로 낙동강까지 내려왔다. 하지만 그 역시 종전 직후 남로당계가 숙청될 때 자신도 미제 스파이로 몰려 처형될 운명인 것은 몰랐으리라.

앙리 카르티에 브레송과
라이카 카메라

사진은 우연의 찰나와 풍경, 시시각각 변하는 사람 표정을 한순간에 고정시킨다. 사진은 그렇게 '현존에 관한 증명서'로 변한다. '사진의 구도자'로 칭송받은 앙리 카르티에 브레송(1908~2004)은 사진이 "감각과 정신이 즉각적으로 작용하는 행위"이자 "시각적으로 표현된 세계"이며, "끊임없는 추구이자 질문"이라고 말했다.

사진은 회화의 시녀인가? 사진의 고유한 예술성에 대한 열광과 의심이 엇갈리던 1932년, 카르티에는 막 출시된 라이카 카메라를 손에 넣은 뒤 사진작가의 길로 들어섰다. 라이카는 찰나를 담는 '크로키 수첩'이고 그 세부를 묘사하는 '필기장'이었다. 카르티에는 라이카를 "리볼버로부터 발사된 총탄이나 정신분석가의 장의자"라고 표현했다.

카르티에는 세계사의 현장을 다니며 보도사진을 찍고, 도시의 몽환적 찰나를 포착하며, 밀랍 마네킹을 필름에 담았다. 2차대전 때는 종군기자로 참전해 '필름과 사진' 분대에 소속되었다가 1940년 6월 22일, 독일군에 잡혀 포로수용소에 갇혔다. 중국에서는 공산당 군대가 베이징에 입성하던 1949년 1월 31일, 상하이행 비행기에 올랐다.

카르티에는 유럽이나 미국은 물론이거니와 인도, 터키, 일본, 이집트, 이라크, 이스라엘 등지를 누비며 사진을 찍었다. 인생의 모든 시기를 라이카와 함께하며 사진계의 전설이 되었다. 그의 사진은 도처에 '게재되고, 인용되고, 해석되고, 칭송받'았고, 생전 루브르 미술관에서 사진 전시회를 가진 최초의 인물이 되었다.

큰 키에 금발 머리, 수염도 없는 동안童顔에다 성격은 별나고 예측하기 힘들었던 카르티에, 영화감독을 꿈꾸던, 그러나 한시도 라이카를 손에서 놓지 않았던 카르티에는 2004년 8월 3일, 뤼베롱의 집에서 96세 생일을 며칠 앞두고 타계했다. 그의 인생이 곧 사진의 역사였다. 그런 카르티에를 두고 〈르 몽드〉는 "사진계의 톨스토이"이자, "20세기의 증인"이라고 치켜세웠다.

3부

철학자의 가방

안막과
공화국기 새겨진 빳지

일제 강점기에 문예평론가로 활동한 안막安漠(1910~?)의 이름을 아는 이는 전공자말고는 드물 테다. 해방 즈음해서 여러 작가와 지식인이 시대의 격류 속에서 이념을 좇아 월북을 택하지만 대개는 참혹한 말년을 맞았다. 해방과 분단으로 요동치는 '혁명의 시대'를 헤치며 나아간 안막도 그 비극을 피하지는 못했다.

안막은 죽산竹山 안씨로 김유정의 휘문고보 동창인 소설가 안회남과는 6촌지간이다. 경성 제2고등보통학교(지금의 경복고)를 중퇴하고 와세다대학에서 러시아 문학을 전공했다. 일본에 머물 때 '무산자사無産者社'에 관여하며 계급문학운동에 뛰어들고, 서울로 돌아와서 임화 등과 '카프'를 이끄는 이론가로 나섰다.

1931년 유럽과 미국을 거쳐 남미 공연까지 하며 '세계 10대 무용가'로 꼽힌 최승희와 결혼하면서 안막은 벗들의 부러움을 샀다. 두 사람은 해방 직후 북으로 넘어갔다. 김일성의 편애를 받으며 '공훈배우'가 된 최승희의 뒷배로 안막은 북조선 문학예술총동맹 부위원장직과 문화선전성 부상직에 올랐지만 다른 월북 작가들과 마찬가지로 '반당종파분자'라는 낙인과 함께 숙청당했다.

사회주의 이념을 앞세우고 '조국과 수령'을 향한 충성심을 내세운 안막의 시들은 볼품이 없지만 소련에 문화친선대사로 초청받아 다녀온 뒤 〈조선문학〉에 내놓은 러시아 기행시는 이채롭다. 모스크바 대극장에서 '아름다운 무희'들이 나오는 오페라를 관람하고, 소련 북서부를 흐르는 네바강을 돌아보고, 6·25전쟁에 파병되었다가 불귀의 객이 된 우크라이나 청년의 어머니에게 '공화국기가 새겨진 뺏지'를 달아준다. 그가 자랑스럽게 여겼을 '뺏지'에 그려진 '공화국기'는 '조국'의 표상이겠으나, 북조선은 그의 기대를 짓밟았다. 안막이 소련에서 돌아오자마자 다른 '카프' 작가들과 함께 쓸모를 다한 그를 내치고 무자비하게 처단해버린 것이다.

페기 구겐하임과
침대

　페기 구겐하임(1898~1979)은 미술품 수집가이자 예술가의 후원
자로 이름을 떨친 인물이다. 페기는 '구겐하임 미술관' 설립자인
솔로몬 구겐하임의 조카딸이자 상속녀라는 행운에 더해, 아름다
움을 향한 감각, 열정, 안목을 바탕으로 미술품 수집가로 성공을
거둔다.

　파리, 런던, 뉴욕을 오가며 살던 페기는 1938년 런던에서 '구
겐하임 죄느'라는 아트 갤러리를 열었다. 당시에는 낯선 이브 탕
기와 칸딘스키의 그림들, 브랑쿠시와 무어의 조각을 전시하며 능
력을 과시했다. 그뒤로 페기는 마르셀 뒤샹의 도움을 받아 갤러리
를 열고, 미국인 아트 딜러인 하워드 퍼첼에 기대어 미술계의 큰
손으로 나서며 1940년대 미국과 유럽의 미술계를 잇는 '여왕'으

로 군림했다.

페기의 집에서는 파티가 자주 열렸다. 파티에는 위스키와 감자 칩만 달랑 나왔건만 늘 유명 예술가들로 북적였다. 페기는 결혼해 아들과 딸을 하나씩 두지만 한 남자의 아내, 두 아이의 엄마 노릇 에서 벗어난 40대 이후에는 '여왕벌'처럼 남자를 간택하고 관계 를 주도하며 숱한 염문을 뿌렸다.

마흔 살 때는 8세 연하인 아일랜드 작가 사뮈엘 베케트와 사랑 에 빠졌다. 둘은 만나자마자 침대로 가서 일주일 내내 처박혀 지 냈다. 침대는 사랑을 하고 휴식을 취하는 둘만의 '우주선'이었다. 페기는 둘의 사랑을 위해 아파트를 세내고 베케트를 보살폈지만 그가 결혼하면서 떠나자 곧바로 화가 이브 탕기와 사랑에 빠졌다.

페기는 분방한 사생활로 자주 입방아에 올랐으나 그래도 '자랑 스러운 소장가'이자 '예술 중독자'였다. 그의 수집품은 피카소, 브 라크, 미로, 몬드리안, 에른스트, 데 기리코, 이브 탕기, 칸딘스키, 스틸, 무어, 브랑쿠시, 데 쿠닝, 폴록까지 입체파에서 추상표현주 의 작가를 폭넓게 아우른다. 지난 세기 미술계의 '전설'인 페기는 자신의 미술관이 있는 베네치아에서 81세에 심장마비로 세상을 떴다.

피나 바우슈와
담배 한 개비

피나 바우슈(1940~2009)는 무용에 연극을 끌어들인 새 '조합'으로 무용의 흐름을 바꾸면서 '새로운 춤의 억척어멈'이 되었다. 세계에서 가장 유명한 이 여성 안무가는 춤, 연극, 노래, 미술을 뒤섞은 '탄츠테아터'를 고안해내고, 관례화된 고전 발레의 언어를 깨고 낯선 것으로 빚어내며 무용 역사에서 '위대한 혁신가'라는 평가를 받았다.

누구의 보살핌도 없이 혼자 노는 데 이골이 난 여관집 딸내미는 무용으로 칭찬을 받자 고향에서 멀지 않은 에센-베르덴의 폴크방학교 무용과에 들어갔다. 뉴욕의 줄리아드음대를 거쳐 메트로폴리탄 오페라하우스 발레단과 계약을 맺고, 부퍼탈 발레단 단장에 취임하며 무용 안무가로서의 능력을 드러냈다.

1977년 초여름, 프랑스 낭시의 연극 페스티벌에서 탄츠테아터 부퍼탈이 〈칠거지악〉을 올렸다. 안무를 맡은 피나 바우슈는 무용수에게서 아름다운 신체 동작이 아니라 실존과 맞닿은 춤 언어를 끌어냈다. 이는 우리가 잊은 것, 잃어버린 것을 되찾으려는 투쟁이었다. 즉 사랑, 다정함, 동경, 두려움, 슬픔의 원초적 모습인 셈이다.

1980년대 피나 바우슈는 로마, 빈, 팔레르모, 마드리드, 미국 서부, 홍콩, 리스본을 도는 해외 순회공연과 여러 무대에 서는 것을 넘어서서 독자적인 프로그램을 만드는 데 열중했다. 그는 춤에서 영화까지 활동 영역을 넓히며 늘 새로운 안무 작업을 선보였다. 관객은 그 무대의 낯섦에 충격을 받아 '저게 춤이란 말예요?'라는 반응을 보였다.

무용의 낯선 영토를 가로지르는 이 안무가는 검은 옷을 즐겨 입고 담배 한 개비를 입에 물고 무대를 만드는 데 쏟은 노고를 푸는 애연가다. 피나 바우슈는 춤 연습이 끝난 밤늦은 시각에 자주 이렇게 말했다. "와인 조금만 더. 그리고 담배 한 개비만. 하지만 아직 집에는 가지 않을래요."

박길룡과
문화주택

박길룡(1898~1943)은 일제 강점기에 근대 한국 건축의 기초를 닦은 사람이다. 1996년 김영삼 정부는 정부 청사로 쓰던 '중앙청'(옛 조선총독부 청사)을 청산해야 할 일제 잔재로 규정해 해체했다. 이때 중앙돔 아래에서 53명의 건축가 명단을 새긴 동판銅板 상량문上樑文이 나왔는데, '기수技手 박길룡'은 유일한 한국인이었다.

박길룡은 종로통에서 미곡상을 하는 집안의 맏이로 태어났다. 집안이 가난해서 열 살 무렵부터 쌀 배달, 물장수, 행상 등의 고학을 하며 학교를 다녔다. 그는 경성공업전문 건축과(지금의 서울대 공과대학)를 1회 졸업생으로 나와, 이듬해 조선총독부 건축과 기수로 들어갔다. '기수'는 사무관과 기사 아래로 하급직이었다. 그보다 12년 연하인 이상(1910~1937)도 경성고공 건축과를 마친 뒤 조선총독부에서 기수로 일했다.

박길룡은 조선총독부에 다니면서 부업으로 조선인의 집과 사무실을 설계했다. 조선총독부에 사표를 던지고 1932년 7월 7일, 서울 종로구 공평동에 직원 8명과 함께 건축사무소를 열었다. '박길룡 건축사무소'는 우리나라 최초의 개인 건축사무소로 열두 해 동안 근대 건축의 새 길을 열었다. 1937년 11월, 그가 설계한 화신백화점 전관全館이 문을 열며 위용을 드러냈다. 지하 1층, 지상 6층으로 된 서양 근대 건축 양식을 따른 이 첨단 건물은 장안의 화제로 연일 인파를 모았다.

당시 다들 재래주택을 기피하고 '양식' 집에 관심이 높았으나 박길룡은 '소비가 덜 되고 쓸모 많고 볼품이 좋은' 문화주택을 제안했다. 외관과 구조는 환기와 채광이 좋은 서양식을 취하되 온돌과 가구는 전통 방식을 따르자는 것이다. 그는 '실용'과 '기능'을 취하면서도 거기에 우리 것과의 조화를 더했다. 박길룡은 〈건축조선〉을 창간하고, 『조선어 건축용어 사전』 등을 정리했다. 1943년 4월 27일 오전, 이화여전 강의중에 뇌출혈로 쓰러져 공평동 사무실로 옮겼으나 10시쯤 사망했다.

쉬잔 발라동과
자화상

　프랑스어 '벨 에포크'는 '아름다운 시절'이라는 뜻이다. 19세기 후반 꿈을 찾는 벌떼처럼 문화와 예술의 성지로 떠오른 파리로 예술가들이 몰려들었다. 그 시절, 일거리를 찾아 파리에 온 소녀 쉬잔 발라동(1865~1938)이 화가가 되리라고 예상한 사람은 없었다.

　쉬잔의 생애는 반전의 연속이다. 1865년 한 세탁부의 사생아로 태어나고, 14세 때 서커스단에서 공중그네를 탔다. 공중그네를 타다가 다친 소녀는 몽마르트르에 와서 모델로 자리를 잡았다. 카페와 카바레와 매음굴이 밀집해 있던 몽마르트르 주변에는 싼 셋집을 찾는 젊은 예술가들로 넘쳐났다.

　고아나 다름없던 쉬잔은 르누아르, 로트렉, 드가 등 여러 화가들의 모델을 서며 부지런히 생계비를 벌었다. 미술교육도, 그림을 그려본 적도 없는 쉬잔이 화가들의 그림을 어깨너머로 보다가 심심풀이로 끼적인 드로잉 몇 점을 그렸다. 그걸 본 화가 드가는 놀라서 외쳤다. "이제 쉬잔도 우리 친구가 되었군!"

쉬잔은 1893년 무렵, 카바레 '검은 고양이'에서 피아노를 치던 음악가 에릭 사티와 동거하고, 로트렉을 포함한 여러 화가와는 연인 관계였다. 쉬잔은 18세 때 사생아를 낳았는데, 그가 훗날 화가로 대성한 모리스 위트릴로다. 16세 때 알코올 중독자로 떠돌던 모리스는 1950년 베니스 비엔날레에 프랑스 대표 화가로서 출품할 정도로 실력을 인정받았다.

쉬잔은 누드와 자화상을 그려 살롱전에 출품하고, 개인전도 열었다. 1896년, 돈 많은 주식중개인과 결혼하며 가난의 굴레는 벗었으나 분방한 생활은 늘 입방아에 올랐다. 1914년, 쉬잔은 21세 연하인 화가와 두번째로 결혼했다. 쉬잔은 49세, 앙드레 위트레는 28세였다. 1938년 4월 19일, 몽마르트르의 뮤즈이자 연인이던 쉬잔은 조용히 눈을 감았다. 쉬잔은 피카소가 묻힌 생 피에르 교회 무덤에 묻혔고, 아들 위트릴로와 함께 쓰던 작업실은 '몽마르트르 뮤지엄'으로 바뀌었다.

백남준과
텔레비전

19세기 과학소설에서 상상 속 물건으로 처음 등장한 텔레비전은 1920년대 미디어와 테크놀로지가 결합된 총아로 출현했다. 1937년 영국의 철도역, 식당, 백화점에 인파가 몰리는데, '움직이는 그림'이 나오는 신기한 물건을 보러 온 것이었다. 오늘날 텔레비전은 '다른 곳에 존재하는 이미지가 열리는 창', 먼 저곳과 가까운 이곳의 물리적 거리를 지우며 오락과 뉴스를 전하는 매체-사물로 자리를 잡았다.

한국이 낳은 비디오 설치미술가인 백남준(1932~2006)은 일제 강점기에 서울 서린동에서 무역업으로 돈을 번 백낙승의 아들로 태어났다. 백남준은 경성제일고보(지금의 경기고)를 졸업하고, 홍콩 로이덴스쿨에서 1년을 수학하고 돌아왔으나 6·25전쟁이 터진 해에 가족과 함께 일본으로 건너갔다.

20대 때 도쿄대학에서 미술사학을 전공하고, 독일 뮌헨대학과 쾰른대학에서 현대음악을 공부했다. 이 무렵 여름 음악 캠프에서 만난 전위음악가 존 케이지John Cage에게서 큰 영감을 받았다. 1959년 〈존 케이지에게 보내는 경의〉에서 피아노를 부수고 관객의 넥타이를 자르는 퍼포먼스를 선보이며 주목을 받았다. 그에게 '동양에서 온 문화 테러리스트'라는 별명이 붙었다.

백남준은 늘 상상을 뛰어넘는 파격과 실험적인 퍼포먼스로 명성을 쌓아갔다. 1970년대에는 텔레비전에 영감을 받은 전위적 설치미술을 잇달아 내놓는데, 〈TV 부처〉〈달은 가장 오래된 TV다〉〈TV 정원〉〈TV 물고기〉〈생체조각 TV 브라〉〈TV를 위한 선禪〉〈TV 나무〉 같은 자연과 테크놀로지를 융합한 작품들을 꼽을 만하다.

1984년 1월 1일, 뉴욕과 파리를 이으며 위성으로 생중계된 〈굿모닝 미스터 오웰〉로 화제를 모았다. 이어서 〈바이 바이 키플링〉〈손에 손잡고〉 등의 작품을 내놓았다. 64세 때 뇌졸중으로 쓰러졌으나 새 밀레니엄을 연 2000년 뉴욕 구겐하임 미술관에서 열린 '백남준의 세계'라는 회고전을 무사히 마쳤다. 백남준은 2006년 미국 마이애미 자택에서 74세로 눈을 감았다.

전형필과
천학매병

일제 강점기인 1935년, 한 문화재 수집가가 고려청자 '천학매병千鶴梅瓶'을 일본인에게서 2만 원에 사들였다. 당시 서울의 기와집 스무 채 값이다. 나중에 국보 제68호로 지정받은 청자 상감운학문매병이다. 2년 뒤 그는 영국인 수집가에게서 고려청자 20점을 인수하는데, 그 가격은 무려 서울의 기와집 400채를 사들일 수 있는 거금이었다.

빼어난 눈썰미로 우리 고서화와 도자와 골동의 가치를 알아보고 이를 모으는 데 한평생을 바친 이 통 큰 문화재 수집가가 바로 간송 전형필(1906~1962)이다. 그는 조선의 겸재 정선, 단원 김홍도, 혜원 신윤복, 오원 장승업, 추사 김정희 등의 서화를 수집하고, 고려청자와 분청사기, 조선백자 등을 사 모으는 데 재산을 아낌없이 썼다. 1938년에는 성북동에 개인 문화재 박물관 '보화각'을 지었다. 그 설계를 맡은 이가 건축가 박길룡이다. 이 박물관을 나중에 '간송미술관'으로 개명하고 봄가을마다 소장품을 일반에 공개했다.

전형필은 서당에서 『소학』『사략』『당시』를 읽고, 12세 때 서울의 어의동 공립보통학교(지금의 효제초등학교)를 나와 휘문고보를 거쳐 일본 와세다대학 법학과를 졸업했다. 휘문고보 동문으로 역사소설가로 이름을 떨친 박종화가 그의 외종형이다. 휘문고보 시절부터 고서를 모으는 취미를 길렀는데, 나중에 고서화 등을 수집하려고 인사동의 한 고서점을 인수하기도 했다.

전형필은 서울에서 큰 상권을 일궈 부를 쌓은 선대의 재산을 24세 때 상속받았다. '조선 거부巨富 40명' 안에 들 만큼 큰 재산이었다. 그 젊은 나이에 위창 오세창의 영향으로 서화, 전적 등을 사 모으는 문화재 수집가로 나섰다. 그게 '문화보국文化保國'의 길이라 믿었기 때문이다. 동아일보 사장 인촌 김성수나 외무부 장관과 국무총리를 지낸 창랑 장택상, 삼성의 창업자 호암 이병철 등과 더불어 전형필은 우리나라 문화재 수집가로 몇 손가락 안에 꼽을 만한 인물이다.

사뮈엘 베케트와
포주가 휘두른 칼

　1953년 1월 4일 저녁, 파리에서 두 부랑자가 오도가도 못한 채 두서없는 대화를 나누며 티격태격하는 연극이 공연되었다. 부랑자들의 투덜대는 말, 음란한 말, 시답지 않은 소동이 전부였다. 그저 누군가를 기다린다고 하는데, 그는 올 수도 있고 오지 않을 수도 있다고 했다. 연극 〈고도를 기다리며〉로 단박에 유명해진 사뮈엘 베케트(1906~1989)는 아일랜드 더블린 출신의 작가다.

　베케트는 1차대전 때는 아일랜드 고향에서 헤엄을 치고 책을 읽으며 평화로운 어린 시절을 보냈다. 1937년 가을, 영어 강사 자리를 얻어 파리에 왔다. 몽파르나스나 생제르맹 데 프레의 카페를 드나들며 제임스 조이스나 조각가 자코메티 같은 예술가를 만났다. 2차대전이 터지고 파리가 나치에 점령당했을 때, 나치에 저항하는 첩보활동을 하던 베케트는 파리의 다락과 지하실, 북부 프로방스의 시골 은신처에서 2년 반을 숨어 지내며 목숨을 부지했다.

어느 날 베케트가 오를레앙 대로를 걷고 있을 때, 낯선 남자가 말을 걸어왔다. 이 남자가 이유 없이 시비를 걸다가 베케트를 칼로 찔렀다. 칼은 심장을 비켜갔다. 칼을 휘두른 자는 몽파르나스 사창가의 포주 프뤼당이었다. 베케트는 재판정에서 그에게 왜 자신을 찔렀느냐고 물었다. "나는 모르오, 선생." 하마터면 목숨을 잃을 뻔했는데, 가해자의 답변은 뻔뻔하고 황당했다. 베케트는 이 사건으로 새삼 인생의 무작위성과 부조리함을 깨달았다.

베케트는 '거짓말과 전설'에 이끌리고, "행복해지는 재주가 없다"라고 투덜대면서도 영어와 프랑스어로 장편소설과 라디오 방송극을 꾸준히 써내면서 베를린, 파리, 런던에서 자신의 희곡을 무대에 올렸다. 블랙 유머로 형이상학적 불안과 부조리를 파헤친 그 작품들로 베케트는 1969년 노벨문학상을 받았다. 1989년 12월 22일, 베케트는 파리에서 세상을 떴다.

배호와
중절모

"안개 낀 장충단 공원 누구를 찾아왔나/낙엽송 고목을 말없이 쓸어안고 울고만 있을까/지난 날 이 자리에 새긴 그 이름 뚜렷이 남은 이 글씨/다시 한 번 어루만지며 떠나가는 장충단 공원"(1967). 중후한 저음과 바이브레이션이 두드러진 목소리, 게다가 중절모를 쓴 탓에 다들 중년신사로 오해했다. 하지만 가수 배호裵湖(1942~1971)의 나이는 불과 25세였다.

배호는 예명이고, 본명은 배만금. 13세 때 아버지를 여의었다. 그 무렵 서울 동대문구 창신동에 살던 가족은 뿔뿔이 흩어졌다. 그는 부산의 고아원으로 갔다가 이듬해 서울로 올라왔다. 악단장인 외삼촌 김광빈 아래에서 1년 동안 드럼을 배웠다. 김광빈은 배호를 악단 드러머로 미8군 무대에 세웠다. 1963년 첫 앨범 〈두메

산골〉을 내며 배호라는 이름을 세상에 알렸다.

1960년대, 우리 농촌 경제는 거덜이 났다. 정부의 저곡가 정책으로 농사짓는 일은 희망이 없고 삶은 팍팍했다. 내 외삼촌들도 농사일을 내팽개치고 고향을 떴다. 고향을 등진 수많은 농촌의 젊은이들은 구로공단이나 동대문 봉제공장에 취직했다. 배호가 호명한 서울의 삼각지, 명동, 장충단 공원에는 비가 내리거나 안개로 자욱했다. '쨍하고 해 뜰 날'은 저멀리에 있었다. 비와 안개, 이 불순한 기후는 가망 없는 미래를 안고 객지를 떠돌던 청춘의 시름과 불우함, 외로움과 고단함을 빗대었던 게 아닐까?

배호는 〈돌아가는 삼각지〉에 이어 〈안개 낀 장충단 공원〉의 연이은 성공으로 가수의 정상에 올랐다. 하지만 그 성공을 시샘하듯 병마가 덮쳤다. 나이 24세. 신장염이었다. 배호는 입원과 퇴원을 반복하며 신곡을 내고 무대에 섰다. 그가 가수로 무대에 선 건 고작 여덟 해. 부른 노래는 3백여 곡. 1971년 11월 7일, 배호는 서른도 채우지 못한 채 무대에서 〈마지막 잎새〉를 부르며 쓸쓸하게 한 잎 낙엽으로 떨어졌다.

페르난두 페소아와
미발표 원고로 가득찬 트렁크

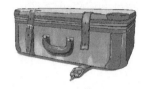

한 인간의 영혼에는 얼마나 많은 갈망과 불가능한 꿈들이 들
끓는가! 숱한 미로와 동굴과 심연을 품은 복잡한 영혼을 호명하
는 데, 이름 하나로는 부족할지도 모른다. "우리는 얼마나 많은 가
면들, 그리고 밑가면들을/우리 영혼의 표정 위에 쓰고 있는가."
한 사람은 하나가 아니라 다수다. 그래서인가? 페르난두 페소아
(1888~1935)는 평생 120개나 되는 이명異名으로 자신을 숨긴 채
시를 발표했다.

그는 이명마다 새 인격과 정체성을 부여했다. 알베르투 카에이
루, 알바루 드 캄푸스, 리카르두 레이스. 그는 농부이고, 양치기
목동이며, 외과의사였다. 이명은 충동적으로 태어나 급류를 타고
세계 여기저기로 뻗어나갔다. 이명은 영혼 위에 씌워진 가면이자

분신이었고 자기 안의 다중인격을 분출하듯이 드러냈다.

페소아는 포르투갈 리스본에서 태어나 다섯 살 때 법무부 공무원인 아버지를 여의고, 이듬해 남아프리카공화국 주재 영사와 재혼한 어머니를 따라 더반으로 떠났다. 더반에서 영국식 교육을 받고 17세 때 고국으로 돌아와 리스본대학에 입학했다. 대학을 2년 만에 중퇴하고 도서관에서 독학을 하며, 니체와 쇼펜하우어의 철학, 그리고 호메로스와 셰익스피어와 휘트먼의 영향 아래 시와 단상을 써나갔다.

1907년 미국인 회사에 견습 직원으로 들어가 번역 일을 하고, 한때 출판사 '이비스'를 차렸으나 곧 폐업했다. 죽을 때까지 다양한 이명으로 쉬지 않고 시를 썼다. 이를테면 안투느스와 판탈레옹은 포르투갈어로, 찰스 제임스 서치와 모리스 수사는 영어로, 장 쇨은 프랑스어로 썼다. 그렇게 단 하루도 쉬지 않고 시를 썼건만 죽기 1년 전 포르투갈어 시집 한 권만을 출판했다.

1935년 11월 30일, 복통과 고열로 리스본의 한 병원에 입원하고 이튿날 저녁 눈을 감았다. 나이 47세. 너무 일찍 찾아온 죽음이다. 페소아 사후에 미발표 시와 산문 원고로 가득찬 트렁크가 발견되었다. 엄청난 분량의 그 산문 원고를 정리해서 내놓은 책이 바로 『불안의 책』이다.

비트겐슈타인과
배낭 속 철학일기

키가 작았지만 내면의 에너지가 강렬했던 사람, 자신과 타인에게 엄격한 사람, 늘 옷깃의 단추를 여미지 않고 넥타이를 매지 않는 사람. 루트비히 비트겐슈타인(1889~1951)은 『논리철학논고』와 『철학적 탐구』 단 두 권의 책을 냈지만 20세기의 중요한 철학자가 되는 데 부족함이 없었다. 이 사람만큼 진리를 향한 대담한 열정을 보여준 사람도 없었다.

그는 보통 인류와는 다른 특이한 삶을 살았다. 비트겐슈타인은 자기 철학이 백 년 뒤에나 비로소 이해될 것이라고 말했다. "철학은 번호 자물쇠로 된 금고를 열려고 애쓰는 것과 같다. 각각의 다이얼을 약간 조절해서는 성공할 수 없다. 다이얼의 모든 숫자가 제대로 들어맞아야 비로소 금고 문이 열린다."

비트겐슈타인은 오스트리아의 빈에서 제강업을 하는 아버지의 8남매 중 막내로 태어났다. 수학과 자연과학에 뛰어난 재능을 보였고, 베를린의 한 공과대학에서 항공공학을 공부했다. 23세 때 철학자이자 수학자인 버트런드 러셀이 쓴 『수학의 원리』를 읽고 케임브리지대학으로 가서 기꺼이 그의 제자가 되었다.

1차대전이 인생을 송두리째 흔들어 바꾸어놓았다. 그는 자원입대했는데, 배낭에는 톨스토이의 책과 '철학일기'가 들어 있었다. 전장에서 떠오른 철학적 명제들을 노트에 옮겨 적은 철학일기는 1914년에서 1917년까지 이어졌다. 그는 자신이 전사할 경우 보내달라고 노트마다 오스트리아에 사는 누나의 주소와 스승 러셀의 주소를 적었다.

비트겐슈타인은 톨스토이의 사상에서 영향을 받아 비세속적인 금욕주의자의 삶을 지향했다. 아버지가 자신의 몫으로 남긴 큰 유산을 형제자매에게 분배했다. 또한 지적 허영심이 악의 근원이라며 엄격하게 멀리했다. 논리학 이론과 언어철학에서 위대한 업적을 남긴 이 철학자는 케임브리지대학 교수가 되기 전 초등학교 교사가 되어 1920년에서 1926년까지 오스트리아의 작은 마을에서 초등학교 아이들을 가르쳤다.

자코메티의
침대 아래 신발과 양말

군더더기를 깎아낸 사람의 전신상全身像을 처음 보았을 때 고독하다고 느꼈다. 막대기같이 길쭉한 그 형해形骸는 선의나 불의조차 넘어선 인간 본질에 가까워 보였다. 존재의 부피와 무게를 거부한 조상彫像으로 20세기 최고 조각가 반열에 오른 이는 스위스 출신의 알베르토 자코메티(1901~1966)다.

아버지 조반니 자코메티도 화가였다. 아버지의 복제판 화집을 베끼면서 그림의 세계로 빠져든 자코메티는 제네바미술학교를 거쳐 미술공예학교로 옮겨 수업을 들었다. 1922년 1월 9일 파리에 도착한 그는 다다이즘과 초현실주의 세례를 받으며 '창조적 흥분'에 도취되었다. 파리에서 베케트, 사르트르, 주네 같은 작가들, 피카소 같은 화가와의 교유는 그의 내면을 풍성하게 만들었다.

천재 화가 고흐에게 동생 테오의 헌신이 있었듯이 자코메티도 솜씨가 뛰어난 동생 디에고의 도움을 받았다. 동생은 조각의 보강재를 만들고, 석고본을 뜨고, 주물공장에서 나온 청동 조각에 색칠을 하며 형을 도왔다. 정작 자기 작품을 만들 시간은 없었다. 그랬건만 자코메티는 늘 불만을 터뜨렸다. 디에고는 이렇게 말했다. "형은 정말 구제불능이에요. 참으로 힘든 사람이에요."

자코메티는 작업실에서 밤샘 작업을 했다. 오후 1시경 카페에서 커피를 마시고 담배를 피운 뒤 작업실로 돌아와 6시까지 일했다. 다시 카페에서 저녁 식사를 하고, 밤샘 작업을 했다. 이런 일과는 죽는 날까지 이어졌다. 그는 완벽주의자였다. "내가 만든 조각 작품을 앞에 놓고, 가장 완성도가 높은 것처럼 보이는 작품조차 파편에 불과하고 실패작일 수밖에 없다."

자코메티에겐 어린 시절부터 이상한 강박관념이 있었다. 침대 옆 바닥에 신발과 양말을 가지런히 벗어놓는 버릇이다. 완벽주의에 대한 강박관념 때문이었을까. 신발과 양말이 가지런한 상태가 아니면 도무지 잠을 이루지 못했다. 자코메티는 파리에서 '살아 있는 전설'로 추앙받으며 살다가 1966년에 눈을 감았다.

샐린저와
고장난 시계

1980년 12월 8일 저녁, 뉴욕 센트럴파크 부근 고급 아파트에 살던 비틀즈의 전 멤버 존 레논이 괴한이 쏜 총에 맞아 즉사했다. 25세 청년이 아내 오노 요코, 아들 션과 함께 아파트로 들어서던 존 레논의 가슴팍에 총탄 네 발을 쏘았다. 경찰이 올 때까지『호밀밭의 파수꾼』을 읽고 있던 범인 채프먼은 자기가 그 소설 속 주인공이라고 횡설수설했다.

J. D. 샐린저(1919~2010)의『호밀밭의 파수꾼』은 1951년에 나왔다. 〈뉴요커〉에 보낸 작품이 번번이 거절당하던 문학청년은 거짓과 위선 속에서 순수를 지키려는 홀든 콜필드의 방황을 날것의 입말로 토해낸 그 소설로 단박에 유명해졌다. 소설은 베스트셀러가 되고, 청년들은 열광했다. 그것은 전쟁 영웅이자 실패한 연인

이고 은둔중이던 작가에게는 영광이자 덫이었다.

샐린저는 축산물 수입업을 하는 아버지 덕에 부유한 가정에서 어린 시절을 보냈지만 고등학교 시절 퇴학을 당하며 방황을 했다. 컬럼비아대학에서 창작 강좌를 듣던 작가 지망생 샐린저는 일본 군이 진주만을 폭격하자 자발적으로 입대해 보병대의 하사관으로 연합군의 노르망디 작전에 투입됐다. 무의미한 살육이 자행되는 전쟁이 그를 바꿔놓았다.

단편 「에스메를 위하여」는 그 참전 경험을 토대로 지은 작품이다. 작가의 분신인 주인공 X하사관은 영국의 주둔지에서 우연히 합창 연습을 하는 소녀 에스메를 만난다. 에스메는 전쟁 뒤 트라우마를 앓던 X하사관에게 편지와 함께 아버지의 유품인 시계를 보낸다. 배송중 파손된 시계는 주인공 자신의 망가져버린 내면을 상징한다.

1965년경 샐린저는 대중의 관심과 시선을 피해 은둔 작가로 살았다. 시골에서 유기농 채소를 재배해 먹고, 동양 종교와 명상에 빠져 은둔의 삶을 이어갔다. 농가의 헛간을 개조한 집필실에서 소설을 썼지만 단 한 편도 세상에 내놓지 않았다. 2010년 1월 28일, 샐린저가 죽은 뒤 그의 금고에 그간 쓴 소설들이 쌓여 있을 거라는 추측만 무성했다.

김수근과
악어가죽 가방

서울 원서동의 '공간' 사옥, 동숭동의 '샘터' 사옥, '경동교회' 건물은 우리나라 현대 건축물 중에서 가장 아름다운 것으로 꼽을 만하다. 건축가 김수근(1931~1986)이 이끄는 건축사무소 '공간'이 내놓은 작품들이다. '공간'의 전성시대와 한국 건축의 황금기는 하나로 포개진다. '공간'을 통해 김원, 김석철, 류춘수, 승효상 같은 빼어난 건축가들이 나왔다.

김수근은 1931년 청진에서 정어리를 잡아 가공품을 수출하는 사업가의 아들로 태어났다. 사업체를 옮긴 아버지를 따라 서울 북촌인 가회동, 삼청동, 원서동으로 옮겨다니며 살았다. 경기중학교를 졸업하고, 서울대 건축과에 입학했다. 이 해에 6·25전쟁이 일어났다. 그는 북한군에 붙잡혀 의용군으로 끌려갈 처지였으나 탈출했다.

1951년 후반, 피난지 부산에서 아버지의 악어가죽 가방을 팔아 일본으로 밀항을 했다. 당시에는 한일 간 송금이 불가능한 탓에 일본 생활은 늘 궁핍했다. 빵 한 개로 세끼를 때우기도 했다. 아르바이트를 하며 도쿄예대 건축과를 거쳐 도쿄대 대학원에서 공부했다. 단게 겐조丹下健三와 요시무라 준조吉村順三에게서 현대 건축의 이론을 익혔다.

밀항으로 한국을 떠난 청년은 1960년 국회의사당 설계 공모에 당선하며 돌아왔다. 건축사무소 '공간'을 열고 문예회관과 올림픽 경기장을 비롯해 숱한 건축물을 설계했다. '공간' 소극장에서는 판소리, 사물놀이, 실험극, 재즈 공연이 펼쳐졌다. 강석희, 이구열, 김원, 박용숙, 이흥우 등과 예술월간지 〈공간〉을 창간하며 우리의 정체성을 찾으려는 문화운동을 벌이기도 했다.

김수근은 특유의 카리스마와 친화력으로 '공간'을 이끌었다. 그는 술과 예술과 사람을 사랑하고, 멋과 풍류를 건축가의 덕목으로 여겼다. 평소 "시를 모르는 건축가는 일류가 될 수 없어"라는 말을 자주 했다. 1986년 6월 14일 0시 14분, 그는 서울대병원에서 숨을 거둔다. 사인은 간암이었다. 55세. 이른 죽음이었다.

안도 다다오와
헌책방에서 만난 책 한 권

　일본 오사카의 빈민가에서 외할머니 손에 자랐다. 17세 때 쌍둥이 동생이 프로 복서로 데뷔하자 자신도 체육관에 등록하고 석달 뒤 테스트를 거쳐 프로복서가 되었다. 목공소와 유리공장에서 일했다. 고졸 학력의 한계를 뛰어넘어 건축계의 거장으로 우뚝 서며 도쿄대학 강단에 섰다. 안도 다다오(1941~)의 얘기다.

　어느 날 헌책방에서 르 코르뷔지에의 작품집을 발견하고 정신없이 빠져들었다. 하지만 수중에 돈이 한 푼도 없었다. 선 채로 책을 보다가 책더미 아래 숨기고 돌아섰다. 다음날 서점을 찾았을 때 책이 밖으로 나와 있었다. 다시 책을 숨겼다. 다른 사람이 먼저 사갈까봐. 안도는 한 달 동안 아르바이트를 해서 모은 돈으로 그 책을 손에 넣었다.

현대 미술에 흥미를 느껴 스페인 궁정화가 벨라스케스에 빠졌다. 스무 살 무렵 '구체미술협회'의 화가들과 어울렸다. "남 흉내를 내지 말라!"거나 "새로운 것을 해라!"라고 외치는 그들에게 자극을 받았다. 1980년경 한 소설가를 만났다. "자네가 안도군. 젊은 놈이 전속력으로 달리지 않으면 글렀다고, 알아들었어!" 안도는 '전속력으로' 살았다. 전속력으로 달리면 안 보이던 게 보였다.

1965년 23세 때, 막노동을 하며 모은 돈을 털어서 유럽 순례에 나섰다. 파리에서 르 코르뷔지에의 아틀리에를 찾았으나 못 만났다. 그는 안도가 파리에 도착하기 한 달 전에 타계했다. 안도는 스페인, 네덜란드, 터키, 그리스 등을 떠돌며 미술관과 박물관을 찾고, 미켈란젤로의 족적을 좇아 로마와 피렌체를 쏘다녔다.

서양 건축의 뿌리를 돌아보는 게 안도의 건축 수업이었다. 건축 현장에서 육체와 정신을 단련하고, 타고난 눈썰미와 몸의 감각으로 건축 문법을 익혔다. 핏속에 응축되고 혼융된 것이 영감으로 솟구쳤다. 안도가 설계한 〈물의 교회〉와 〈빛의 교회〉를 도판으로 접했을 때 나는 그 창의적 아름다움에 감탄했다. 안도는 고백한다. "여행 속에서 나는 건축가가 되었다."

앤디 워홀과
테이프 레코더

그는 일요일을 싫어했다. 꽃 가게와 서점 외에는 가게들이 다 문을 닫기 때문이다. 잡지의 향수 광고에 흥분하고, 속옷 쇼핑을 즐기며, 화려한 가발을 자주 썼다. 침실에 있는 텔레비전 넉 대는 종일 켜진 상태였다. 여섯 시간 동안 잠을 자는 사람을 찍어 영화 한 편을 제작했다. 패션 잡지의 일러스트레이터로 일하다 실크 스크린으로 오브제를 복제하는 '팝아트'의 창시자로 변신했다.

체코 이민자 가정에서 태어난 앤디 워홀(1928~1987)은 예술 활동과 파티를 즐기며 비즈니스 아티스트의 선구자로 살았다. 어려서 류머티즘에 걸려 병상에서 지냈는데, 그것이 성격에 영향을 미쳤다. 인형이나 공작품을 갖고 놀며, 종일 라디오를 듣고 영화배우 사진을 모았다. 페인팅과 드로잉에 재주를 보여 피츠버그 카네

기멜런대학 공과대학에서 상업 미술을 전공했다.

1960년대 미국에는 번영이 지속되리라는 낙관주의가 널리 퍼졌다. 중산층은 새 가전제품을 사들이고, 소비는 미덕으로 칭송되었다. 히피와 우드스톡, 반전과 평화의 노래가 대유행이었다. 창의력이 넘쳤던 앤디 워홀은 다른 화가들이 시도하지 않는 작업을 했다. 달러 지폐나 맥도날드 햄버거, 코카콜라, 수프 통조림 같은 사물들과 괴테, 마오쩌둥, 체 게바라, 존 에프 케네디, 마릴린 먼로 등의 초상을 다양하게 복제하는 그림으로 유명해졌다.

그가 처음 테이프 레코더를 산 것은 1964년이다. 한동안 그것을 끼고 살았다. "내 아내인 테이프 레코더와 나는 10년 동안 결혼 생활을 했다"라고 고백할 정도였다. 지인들과의 대화와 혼잣말을 녹음하고 책으로 펴내기도 했다. 화가로서의 평가는 엇갈렸지만, 워홀은 돈과 명성을 거머쥔 '팝아트'의 황제이자 전위 영화 제작자로서 우뚝 섰다. 나이트클럽을 운영하며 자유분방하게 살았다. 그는 인간의 태어남에 자기 의지가 끼어들 여지가 없다는 뜻으로 "태어나는 것은 납치되는 것과 같다"라는 인상적인 말을 남겼다.

석주명과
만돌린

　석주명(1908~1950)은 우리나라에서 으뜸으로 꼽는 '나비 박사'다. 중등교사라는 한계를 넘어 세계적인 나비학자로 이름을 떨치고, 동서양의 인문 고전과 숱한 근대 논저를 섭렵하며 에스페란토어 연구, 국학, 제주학의 발전에 힘을 보탰다. 그는 일찍이 자연과학, 인문학, 사회과학을 잇는 학문융복합의 길을 개척한 선구자였다.

　그는 낙농과 축산으로 나라를 이롭게 하겠다는 갸륵한 마음으로 일본 가고시마 농고를 다녔는데, 농고 시절 나비 연구를 시작하고, 에스페란토어를 배웠다. 함흥 영생고보를 거쳐 송도고보 생물 교사로 지내면서 나비 연구에 몰두를 했다. 금강산과 백두산 등지로 나비 탐사 여행을 다니고, 연구 논문을 쓰느라 새벽 두 시

전에는 잠든 적이 없었다. 그토록 바빴건만 틈날 때마다 만돌린을 즐겨 연주했다. 숭실학교 선배인 안익태의 영향으로 만돌린과 기타를 배웠다. 송도고보 교사 때 바이올린, 플루트를 하는 동료들과 함께 삼중주단을 꾸리기도 했다.

1942년, 석주명은 교사직을 그만두고 경성제국대학 의학부 소속의 '생약연구소' 촉탁 연구원이 되었다. 개마고원과 강원도를 비롯해 전국을 누비며 나비 탐사 여행을 했다. 가락지장사, 각시멧노랑나비, 모시나비, 배추흰나비, 상제나비, 유리창나비, 청띠제비나비, 큰수리팔랑나비, 홍점알락나비, 흰줄표범나비 등 248종의 나비 이름을 '조선생물학회'를 통해 등재했다. 영국 왕립아시아학회 요청으로 조선 나비 총목록을 정리해내며 나비학자로서 의 위상을 굳혔다.

석주명은 평생 나비 연구에 촌음을 아껴가며 매진했다. 또한 『제주도 문헌집』 등으로 제주 연구의 토대를 닦았다. 죽음은 허망하고 갑작스러웠다. 1950년 10월 6일, 국립과학관 회의에 가던 중 서울 충무로에서 신원 미상의 청년에게 피격당해 42세로 생을 마쳤다.

박목월과
연필

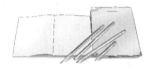

해방 무렵 '북쪽엔 소월, 남쪽엔 목월'이라는 말이 회자되었다.
박목월(1915~1978)은 한밤중 적막 속에서 향나무 연필을 깎아 사
각거리는 소리에 귀기울이며 초고草稿를 썼다. 원고지에 옮겨 적
을 때는 만년필을 애용했다. "이슥토록/글을 썼다/새벽 세 시/시
장기가 든다/연필을 깎아 낸 마른 향나무/고독한 향기,/불을 끄
니/아아/높이 청과일 같은 달."(「심야의 커피」)

1915년에 경남 고성에서 태어나 11세 때 왕릉과 수양버들이
우거진 고도古都 경주로 이사했다. 본명은 영종이다. 아버지는 정
미소를 하다가 문을 닫았다. 대구 계성중학교(지금의 계성고)를 나
와 19세 때 경주의 금융조합에서 월급 30원을 받으며 서기 노릇
을 시작했다. "나는 20대의 태반을 경주에서 보냈다. 친구도 여인

도 다방도 없는 경주에서 인생의 개화기를 맞이했다." 「화랑의 후예」라는 소설로 신춘문예에 당선한 김동리가 경주에 있었다. 목월이 먼저 동리를 찾아가 만났다.

1939년 9월, 동아일보에 실린 〈문장〉지 광고에서 '박목월'이라는 이름을 발견했다. 경주에 칩거하며 쓴 시가 뽑혀 등단의 꿈을 이뤘다. 잡지와 고료를 받았다. 해방 이듬해 2월. 목월은 검은 중절모에 본목 두루마기를 걸친 채 대구역에서 기차를 탔다. 을유문화사에서 일하는 박두진을 찾아가는 길. 서울까지는 17시간 걸렸다. 박두진, 조지훈 등과 3인 시집을 내기로 했다. 1946년 6월, 『청록집』이 '순수시를 지향하는 혜성처럼 나타난 신예 3인 시집'이라는 광고문을 달고 나왔다. 초판 3천 부, 정가 30원.

목월은 직장에 충실하고 자식을 사랑하는 가장이었다. 1962년 한양대 국문과 교수로 부임해 시를 가르치면서 월간 문예지 〈심상〉을 펴냈다. 1978년 3월 24일, 아침 산책을 나갔다가 원효로 자택에 돌아와 쓰러졌다. 평소 건강했기 때문에 시인의 갑작스러운 사망 소식에 다들 화들짝 놀랐다.

마르크 샤갈과
바이올린

　20대 초반, 나는 마르크 샤갈(1887~1985)의 몽환적인 그림을
좋아했다. 천사와 꽃을 든 신부新婦와 수탉과 나귀와 날아다니는
바이올린 그림을 통해 현실 저 너머의 세계를 꿈꾸었다. 나는 바
이올린이 등장하는 샤갈의 그림을 특히 좋아했는데, 그 시절 파가
니니 바이올린 협주곡에 푹 빠져 있었기 때문이다.

　샤갈은 1887년 벨라루스에서 유대인 노동자의 아들로 태어났
다. 어머니는 공립도서관에서 빌린 책 속의 삽화를 종일 베끼며
보내는 아홉 살 아들을 화가에게 데려간다. 성가대 가수, 바이올
린 연주가, 무용수, 시인을 꿈꾸던 어린 샤갈은 그렇게 화가의 길
로 접어든다. 색채의 마술사, 직관적인 천재 화가인 샤갈의 정체
성은 복잡했다. 그는 하시디즘 유대인, 프랑스 모더니즘의 세례를

받은 인물, 디아스포라 몽상가 그 모두였다.

샤갈은 36세 때 가족을 이끌고 파리에 왔다. 그는 누군가에게 맡긴 첫 파리 체류 시절의 그림 150점을 찾으러 갔다. 그림은 없었다. 누군가 그림을 다 팔아먹은 것이다. 샤갈은 유럽과 미국을 오가며 살았다. 그는 빛과 색채, 명랑한 활기로 가득차고 박물관, 미술관, 화랑, 카페가 즐비한 파리를 제일 사랑했다. 샤갈은 파리에서 여러 예술가들과 교류하는데, 피카소도 그중 한 사람이다.

피카소는 "마티스가 죽은 뒤 색채가 진정 무엇인지를 아는 화가는 샤갈뿐일 거야"라거나 "그는 머릿속에 천사를 가지고 있어"라고 말했다. 샤갈도 피카소야말로 거장이고 천재라고 인정했다. 1964년 어느 날, 저녁 식사 자리에서 둘은 말다툼을 했다. 그 사건 이후 둘의 우정은 깨졌다. 둘은 마주쳐도 눈길조차 주지 않았다.

1985년 3월 28일, 샤갈은 생폴드방스의 자택에서 97세로 생을 마쳤다. 100세를 3년 앞두고 세상을 뜬 것이다. 세 해 뒤 모스크바의 푸시킨 미술관에서 샤갈 탄생 100주기를 기념한 전시회가 성대하게 열렸다.

조병화와
파이프

"지금 어디메쯤/아침을 몰고 오는 어린 분이 계시옵니다/그분을 위하여/묵은 의자를 내놓겠어요/먼 옛날 어느 분이/내게 물려주듯이".(「의자」) 터틀넥 니트 스웨터에 멋진 베레모, 재킷 윗주머니에 손수건을 꽂고 장미 뿌리 파이프를 문 조병화(1921~2003) 시인의 모습이 떠오른다. 60대 때 장폐색 수술 뒤 타르로 시커멓게 오염된 흉강 사진을 보고 충격을 받아 돌연 담배를 끊었다. 그동안 모은 파이프는 주변에 나눠주었다.

1941년 경성사범을 거쳐 명문인 도쿄고등사범을 나왔다. 애초 문학이 아니라 물리학을 공부했다. 학창 시절에는 럭비 선수로 뛰었다. 해방 뒤 인천중학교를 거쳐 서울고등학교에서 물리를 가르치던 1949년에 첫 시집 『버리고 싶은 유산』을 내고 문단에 나왔다. 잇달아 펴낸 시집 『하루만의 위안』『패각의 침실』로 대중의 사랑을 받았다. 그는 시를 "존재의 숙소"라고 했다. 외로우면 외로울수록 시가 많이 나온다고 썼다. 하지만 해마다 시집을 펴낸 양산量産을 두고 폄훼하는 사람도 없지 않았다.

그는 오랫동안 조선일보 신춘문예 심사에 관여했다. 1979년에 나는 그 신춘문예에 시가 당선되어 등단의 꿈을 이뤘다. 그의 혜화동 자택 인근에 살았지만 찾아가지 못했다. 1986년 이탈리아 피렌체 세계시인대회에 동행하면서 처음 인사를 했다. 여행중 호텔방을 함께 쓸 때 그의 깔끔한 매너에 감탄했다. 생활 태도는 검소하고, 약속 시간을 잘 지켰다. 초청 편지나 광고지 따위도 허투루 버리는 법이 없었다.

조병화의 호는 '편운片雲'이다. 안성 난실리 생가는 '편운문학관'으로 개조되어 명소가 되었다. "고독하다는 것은/아직도 나에게 소망이 남아 있다는 거다/소망이 남아 있다는 것은/아직도 나에게 삶이 남아 있다는 거다".(「고독하다는 것은」) 인간 실존에 스민 고독, 사랑과 이별을 노래한 시집을 펴내면서 그림을 그리고 전시회를 열었다. 그는 다재다능했다. 프랑스에 '장 콕토'가 있다면 한국에는 '조병화'가 있었다.

장국영과
손목시계

2003년 4월 1일, 홍콩의 만다린오리엔탈 호텔 24층에서 한 배우가 투신자살했다. 그는 "마음이 피곤하여 더이상 세상을 사랑할 수 없다"라는 말을 남겼다. 유서는 공개되지 않았다. 배우이자 가수였던 장국영(1956~2003). 죽은 지 열다섯 해가 넘었지만 만우절 장난처럼 날아든 비보는 풀리지 않는 수수께끼로 남았다.

1980년대를 청춘으로 통과한 이들은 홍콩 누아르의 전성시대와 더불어 성룡, 주윤발, 유덕화, 양조위, 매염방, 왕조현, 장만옥 같은 배우를 추억으로 공유한다. 나는 홍콩 영화의 열혈 관객은 아니었다. 왕가위 감독의 〈중경삼림〉을 좋아하기도 해서 장국영이 나오는 〈아비정전〉〈동사서독〉〈해피 투게더〉를 봤다. 장국영은 흘러간 청춘의 노스탤지어를, '개처럼 사느니 영웅처럼 죽고 싶던' 우리의 쓸쓸하고 찬란한 젊은 날을 소환한다.

〈아비정전〉(1990)에서 장국영은 손목시계를 보며 장만옥에게 "내 시계를 1분만 같이 봐요"라고 말한다. 벽시계의 초침이 2시 59분에서 3시로 향하는 찰나! "1960년 4월 16일, 우린 1분 동안 같이 있었어. 난 그 1분을 기억할 거야." 〈아비정전〉의 저 유명한 대사를 기억하는가? "세상에 발 없는 새가 있다더군. 날아다니다 가 지치면 바람 속에서 쉰대. 딱 한 번 땅에 내려앉는데 그건 바로 죽을 때지." 그는 영화에서 사막이나 아르헨티나 같은 곳으로 떠나고, 현실에서는 자주 이사를 다녔다.

그는 1956년 9월 12일에 홍콩의 중산층 집안에서 10남매 중 막내로 태어났다. 영국 북부의 리즈대학에서 섬유직물관리학을 공부하지만, 정작 되고 싶었던 것은 의사, 파일럿, 인테리어 디자이너, 영화감독이었다. 그는 '바람 속의 새'처럼 떠돌다가 죽는 순간 딱 한 번 지상으로 내려앉았다. "바람아 계속 불어라. 네가 멀리 떠나는 건 견딜 수 없어." 눈 감으면 그의 목소리가 환청처럼 울린다.

피츠제럴드와
낡은 스웨터

1차대전 뒤 자동차 산업과 제조업의 호황으로 미국 경제는 황금기를 맞는다. 금주령에도 불구하고 밀주 제조와 비밀 주점이 성행하고, 욕조에 샴페인을 채워 퍼마시는 파티도 화제였다. 미국은 장밋빛 미래에 취해 낭비적 소비로 흥청대고, 재즈와 댄스와 파티에 빠져 있었다. 1929년 10월 24일, '검은 목요일'의 주가 폭락은 재앙의 음울한 전주곡이었다. 대공황으로 거품 경제가 꺼지면서 숱한 기업들이 도산하고 실업자들이 쏟아져 나왔다.

작가 프랜시스 스콧 피츠제럴드(1896~1940)도 흥청대는 '재즈 시대'를 거쳤다. 프린스턴대학을 나와 광고회사에서 카피라이터를 하며 소설을 썼지만 번번이 출판을 거절당했다. 글쓰기를 작파하고 차량 정비소에서 허드렛일을 하던 어느 날, 우편배달부가 벨을 눌렀다. 장편 『낙원의 이쪽』 원고가 출판사에 팔렸다는 소식이었다. "나는 지긋지긋한 작은 빚들을 청산하고 양복 한 벌을 샀으며, 이루 형언할 수 없는 우쭐함과 기대감을 안고 매일 아침 눈을 뜨게 되었다."

단편 원고료는 30달러에서 1000달러로 껑충 뛰었다. 1925년 장편 『위대한 개츠비』가 나오자 찬사가 쏟아졌다. 빚의 굴레에서 벗어나며 결혼을 하고 인세 수입으로 호화로운 생활을 했지만 대공황으로 거품 경제가 꺼졌듯이 피츠제럴드도 성공의 정점에서 내리막을 탔다. 수입이 쪼그라들며 과잉 소비와 사치를 감당하지 못했다. 은행 잔고는 마이너스로 돌아섰다.

그는 알코올 중독과 우울증에 시달렸다. 할리우드 시나리오와 숱한 단편을 써내며 겨우 연명을 했다. 여러 군데 꿰맨 낡은 스웨터를 입고 소설을 썼다. 한겨울 난방이 꺼진 방에서 이 스웨터를 입은 채 단편 65편을 써냈다. 여벌옷이 없어 스웨터를 빨아 입지도 못했다. 미국의 '잃어버린 세대'를 대표하던 작가는 뒤늦게 제 인생에 금이 갔다는 사실을 깨달았다. 그는 소설을 쓰던 중 심장마비로 죽음을 맞는다. 44세. 너무 이른 죽음이었다.

전뢰진의
망치와 정

　미술반 활동을 하던 중학교 시절 '국전國展'을 열심히 보러 다녔다. 그때마다 가슴이 설레곤 했다. 한국 구상 조각의 원로인 전뢰진田雷鎭(1929~)의 석조 작품을 처음 접한 것도 국전이다. 특이한 이름이라 기억에 남았다. 국전이나 이런저런 전시회를 기웃거리면서 그의 두상이나 좌상의 인물상을 눈여겨보았다.

　일제 강점기, 해방, 분단, 전쟁, 민주화 투쟁 같은 역사의 변곡점을 거쳤지만 그의 인생은 뒤틀림 없이 가지런했다. 예술을 빙자해 기행奇行이나 광태狂態 같은 일탈 행위를 벌이는 다른 예술가와는 달리 그는 약속을 잘 지키고, 근검절약을 하며 살았다. 밤늦도록 술을 마셔도 아침 일찍 학교 작업실에 나와 돌을 쪼았다. 늘 '철저마침鐵杵磨針'이라는 말을 가슴에 새겼는데, 쇠공이를 갈아

바늘을 만든다는 뜻이다.

전뢰진은 서울 종로구 통의동 71번지에서 태어났다. 아버지는 6·25전쟁 직전까지 서울 적선동에서 '신창양복점'을 운영했다. 소년은 아버지 밑에서 바느질과 재봉질을 배웠다. 눈썰미가 좋아 그림도 곧잘 그렸다. "초등학교 때 기차를 그렸는데 선생이 내 그림을 복도에 붙여주었어." 1936년 경성청운공립심상학교(지금의 청운초등학교)에 입학하고, 경기공립상업학교(지금의 경기상고)를 나왔다. 1949년 서울대 미술학부에 입학하지만 한국전쟁으로 학업을 중단하고, 훗날 홍익대에 편입해서 조각을 전공했다.

1963년 홍익대 조각과 전임강사로 부임해 은퇴할 때까지 후학을 길러냈다. 조각 수업 시간에 그라인더로 대리석을 자르는 학생을 보고 이렇게 일렀다. "이봐, 그렇게 하면 안 돼, 석조는 망치와 정으로 하는 거야." 그는 평생 석조 작업을 하면서 기계를 쓰지 않고 우직하게 망치와 정으로만 돌을 쪼았다. 기본에 충실한 그의 작품에 위작 시비가 단 한 번도 일지 않은 까닭이다.

발터 벤야민과
원고가 든 가방

철학 교수를 원했지만 논문이 어렵다고 밀려나고, 이혼과 실연을 겪고, 평생 고학력 실업자로 살지만 몸에 밴 부르주아 취향은 못 버리고, 전쟁과 학살로 얼룩진 20세기의 불행을 덤터기 쓰고 막다른 상황에서 자살한 사람, 바로 철학자 발터 벤야민 (1892~1940)이다.

19세기 후반 제조업 활기로 호황을 맞은 독일 경제는 20세기 들어서도 장밋빛 기대 속에 있었다. 아버지 에밀 벤야민의 양탄자와 고미술품 사업은 번창했다. 1906년 방탄 비행선이 이륙하는 걸 보려고 공항에 인파가 모였지만, 발터의 부모는 '독일 예술 백년전'을 보려고 국립미술관을 찾았다. 그해 에나멜 가죽구두를 신고 세일러복을 입은 발터와 동생은 치펜데일풍 의자 팔걸이에 손을 얹은 채 서고, 어린 여동생은 의자에 앉아 기념사진을 찍었다.

발터는 유대인 가정에서 "기발한 생각을 잘하는 외톨이, 극도로 자기중심적인 아이"로 자라났다. 유년 시절이 끝나자 '피의 20세기'로 내동댕이쳐졌다. 1930년대 유대인 예비검속과 함께 직업 활동이 금지되고, 유대인 50만 명이 독일을 떠났다. 1933년 말, 발터는 파리의 이민자 무리에 섞여 구호위원회에서 원조를 받으려고 줄을 섰다. 가난 속에서 『일방통행로』『기술복제시대의 예술작품』 등을 썼다. 잡지 원고료와 프랑크푸르트 사회연구소에서 보내주는 돈을 아껴 쓰며 파리 국립도서관에서 방대한 사료와 도판을 토대로 『아케이드 프로젝트』를 써나갔다.

독일군이 파리를 점령하자 발터는 다시 망명을 결심한다. 1940년 9월 24일, 발터는 호르크하이머가 뉴욕에서 보낸 미국 비자와 스페인-포르투갈 통과 서류를 갖고 피레네산맥을 향해 떠났다. "내겐 이것이 목숨보다 더 소중합니다"라고 했던 가방에는 『아케이드 프로젝트』 초고가 들어 있었다. 9월 26일 밤, 발터는 스페인 세관 직원의 최종 입국불허로 '출구 없는 막다른 상황'에 이르자 절망감을 이기지 못하고 국경의 작은 호텔방에서 다량의 모르핀을 삼켜 자살을 기도했다.

나운규와
담배

　봉건 왕조의 옛 수도 서울이 근대 도시로 탈바꿈할 무렵, 일본계 백화점 예닐곱 군데가 남대문로 일대에 진출했다. 종로와 소공로에는 '멕시코'나 '낙랑파라' 같은 카페와 끽다점喫茶店이 생겼다. 새로운 오락거리로 무성영화가 사랑받으며 서울에만 영화 상설관이 16군데나 생기고 변사辯士가 인기 직종으로 떠올랐다.

　한국 영화 여명기의 명우名優이자 '샛별'인 나운규(1902~1937). 1926년 10월 1일, 24세 청년 나운규가 감독 겸 주연배우로 나선 〈아리랑〉이 단성사에서 개봉됐다. 당일 조선일보에는 "대담한 촬영술! 조선 영화사상 신기록! 촬영 3개월간! 제작비용 1만 5천 원 돌파!"라는 광고가 나왔다. 〈아리랑〉이 화제를 모으며 단성사 앞은 연일 인파로 북적거렸다.

나운규는 함경북도 회령 사람이다. 간도에서 중학교를 나오고 회령 3·1만세운동에 나섰다가 나중에 2년형을 선고받고 청진형무소에 수감되었다. 윤봉춘, 이범래, 김용국 등과 연극을 하다가 1924년 조선키네마주식회사에 입사했다. 촬영 장비를 조선키네마나 단성사에서 빌려 쓰고 여배우 구하기도 어려운 시절, 나운규는 영화에 뛰어들었다. 영화가 불온하다고 일제 경찰에 불려가 취조를 당하고, 현상실에서 밤샘하느라 아들의 장례를 치르지도 못했다. 하지만 나운규는〈풍운아〉〈임자 없는 나룻배〉〈벙어리 삼룡〉 등이 잇달아 성공하며 전성기를 누렸다.

나운규는 바둑, 장기, 골프, 마작을 모르는 몰취미한 사람이다. 그저 톨스토이나 이광수의 소설을 읽거나 담배로 시름을 달랬다. 하루에 담배 25개비 내지 35개비를 피웠다. "흡연가 대경연회가 있다면 자격이 충분하겠지요"라고 말할 정도였다. 영화〈오몽녀〉를 찍을 무렵, 나운규는 무절제한 생활과 영화의 흥행 실패로 재정 위기에 빠졌다. 게다가 객혈과 졸도를 하는 등 폐결핵 증상을 보였다. 마지막 영화 개봉 반년 뒤인 1937년 8월 9일, 그는 35세로 눈을 감았다.

한창기와
한복

빼어난 눈썰미와 미감, 치우치지 않는 균형감각, 이성의 실행력을 다 갖춘 드문 사람 한창기(1936~1997). 그의 이름 앞에는 여러 관사가 붙는다. 브리태니커백과사전 한국지사 사장, 〈뿌리깊은나무〉와 〈샘이깊은물〉을 창간한 언론-출판인, 골동품 수집가, '외솔회' 회원으로 활동한 재야 국어학자, 빼어난 칼럼 작가 등은 세상 사람들이 다 아는 것들이다.

그는 전라남도 벌교에서 태어났다. 아명은 '앵보'였다. 순천중학교 시절 미군 방송으로 영어를 익혔는데, 서울대 법과대학 재학 중 영어 웅변대회에 나가 일등을 할 정도로 영어를 잘했다. 서른두 살에 브리태니커백과사전 한국 지사를 설립하고, 마흔 살이던 1976년 3월, 월간지 〈뿌리깊은나무〉를 창간했다.

이 잡지는 다른 잡지가 다 하는 일은 피하고 다른 잡지가 하지 않는 일에는 굳이 공을 들였다. 한글 전용, 가로쓰기, 기존 잡지와 다른 체제 및 판형은 형식의 파격이었다. 토박이 문화를 섬기고, 민중의 목소리를 앞세우며, 방짜유기나 옹기, 판소리, 한복, 한옥, 차, 염색 같은 전통문화를 퍼뜨리고자 한 것은 고갱이의 혁신이었다.

이따금 '한앵보'라는 필명으로 칼럼을 썼다. 그 칼럼을 읽으려고 〈뿌리깊은나무〉를 오래 구독했다. 1980년 8월, 한때 발행부수가 7만 부를 넘던 잡지를 신군부가 강제로 폐간시켰다. 뜻도 좋고 맵시도 좋았던 잡지가 그 좋은 뜻과 맵시를 더이상 세상에 퍼뜨리지 못하게 된 것은 분한 일이었다.

그의 한복 사랑은 유별났다. 손명주를 한 땀 한 땀 바느질해서 지은 속저고리에서 두루마기까지 일습으로 갖춰 입은 한복 차림의 태에 절로 탄성이 나왔다. 예나 지금이나 그만큼 한복의 태가 멋스러운 사람을 찾기는 힘들다. 1997년 2월 3일 저녁, 그는 간암으로 세상을 떴다. 스물두 해가 지났어도 많은 이들이 일찍 떠난 그를 아까워하며 그리워한다.

루 살로메와
채찍

　미모와 지성으로 세기의 천재들을 사로잡고 쥐락펴락하던 루
살로메(1861~1937). 루는 1861년 2월 12일, 러시아 상트페테르부
르크에서 군인의 딸로 태어나고, 취리히대학에서 종교와 철학을
전공한 재원이었다. 정신분석학자 프로이트와 사귀고, 17세 연상
인 니체와 니체의 친구인 파울 레를 만나 사랑을 나누고, 14세 연
하인 시인 릴케를 애인으로 두었다.

　여기 사진 한 장이 있다. 두 남자가 수레 앞에 서 있고, 뒤에 선
여성은 채찍을 들었다. 두 남자는 파울 레와 니체, 조련사처럼 채
찍을 든 여성은 루 살로메다. 루는 연적戀敵 사이인 두 남자와 스
위스 루체른에서 찍은 사진을 남겼다. 니체와 파울 레는 루에게
구애했다가 거절당했다. 그뒤로 세 사람은 기묘한 동거를 하며 이

탈리아 전역을 몇 달 동안 여행했다.

니체가 먼저 떠났다. 이어서 자살 소동을 벌이며 청혼한 카를 안드레아스와 결혼한다고 루가 선언하자 파울 레 역시 루의 사진 한 장을 품고 떠났다. 루는 성관계 없는 부부생활을 하며 분방한 연애를 했다. 니체는 『차라투스트라는 이렇게 말했다』를 완성하고 토리노에서 머물 때 발작을 일으켰다. 그뒤 니체는 11년 동안 정신병원에 있다가 죽고, 니체가 죽은 이듬해에 파울 레는 스위스 남동부의 산에서 골짜기로 몸을 던져 자살했다. 그사이 루는 니체와 관련된 책을 써서 유명해졌다. 한편에서는 불행에 빠진 연인을 우려먹는다는 비난도 높았다.

프로이트는 "그토록 빨리, 그토록 훌륭하게, 그토록 완벽하게 나를 파악한 사람은 만나보지 못했다. 니체는 루를 악마라고 했는데 그 말에 동의한다"라고 했다. 루에게는 뮤즈이자 팜파탈이라는 낙인이 찍혔다. 하지만 루는 누구의 소유도 아닌 자유로운 영혼으로 살고자 했던 게 아닐까. 유럽에 전쟁의 기운이 스멀스멀 피어나던 1937년 1월 5일, 루 살로메는 독일 괴팅겐의 자택에서 조용히 생을 마쳤다.

피카소와
작업실의 통조림통

　파블로 피카소(1881~1973)는 스페인의 소도시 말라가에서 태어났다. 26세 때 입체주의의 탄생을 예고하는 〈아비뇽의 아가씨들〉을 내놓으며 20세기를 여는 화가라는 찬사를 받았던 피카소! 미술 교사이자 미술관 큐레이터로 활동하던 아버지는 12세 때 이미 라파엘로처럼 그리는 피카소를 보고 화가의 꿈을 접었다.

　1904년 5월, 23세 청년 피카소는 파리의 몽마르트르로 와서 작업실을 얻는다. 사창가와 술집과 공연장들이 늘어선 몽마르트르는 당시 가난한 예술가들로 북적거렸다. 건물주는 방을 쪼개고 널빤지로 칸막이를 해서 세를 놓았다. 시인 막스 자코브가 센강의 '세탁선'이라 부른 그곳, "겨울에는 얼음장 같고, 여름에는 터키 목욕탕" 같은 작업실에서 피카소는 가난을 견디며 소설을 읽고,

터키 담배를 피우며 그림을 그렸다.

피카소는 1905년에서 1912년까지 모델 페르낭드와 동거했다. 페르낭드는 처음 그 작업실을 둘러보고 "맙소사, 이런 난장판이 있나!" 하고 비명을 질렀다. 사방에 물감과 통조림통이 널렸는데, 빈 깡통마다 붓들이 빼곡하게 꽂혀 있었다. 마치 붓을 키우는 화분을 장식으로 늘어놓은 것 같았다. 욕조에는 스케치, 신문, 책이 잔뜩 쌓여 있고, 의자에는 프리카라는 개가 묶여 있었다. 그 밖에 고양이 세 마리, 거북, 암컷 원숭이 한 마리가 더 있었다.

예술은 가난과 고독을 견뎌야만 하는 극한직업이다. 피카소는 다른 사람의 아파트 문간에 놓인 우유와 크루아상을 훔칠 정도로 가난했지만 가난에 무릎을 꿇지 않았다. 막스 자코브나 아폴리네르 같은 시인과 화가들을 사귀고, 가난을 제왕처럼 누리며, 몽마르트르의 어릿광대와 곡예사와 서커스 장면을 그렸다. 훗날 20세기의 거장으로 우뚝 선 피카소는 퇴폐와 자기 방기로 얼룩진 청년 시절을 돌아보며 "내 인생 최고의 시절"이라고 회고했다.

샤를 보들레르와
말년의 수첩

어쩌면 세상은 침대를 바꾸고 싶은 마음을 품은 병자들이 누워 있는 병동이다. 그 병동에서 어떤 이들은 아름다운 것에 사로잡힌 채 백일몽같이 살다 퇴장한다. 불규칙성, 의외성, 놀라움, 경이로움을 바탕으로 하는 아름다운 것들은 대체로 쓸모가 없다. 랭보나 샤를 보들레르(1821~1867), 소월이나 윤동주 같은 이들은 그런 쓸모없는 아름다움에 속수무책으로 빠져들었던 족속인지도 모른다. 보들레르는 26세 때 시집 『악의 꽃』으로 세상을 소란으로 뒤흔들었다. 시집이 외설로 가득차 있다고 정부가 그를 기소한 것이다.

아버지가 62세, 어머니가 28세일 때, 보들레르는 파리에서 태어났다. 6세 때 아버지를 잃었다. 어머니가 육군 소령과 재혼하자 양부와 불화하며 자라났다. 1842년, 보들레르는 21세로 법적 성인의 지위를 얻는다. 이는 선친 유산을 제 마음대로 쓰게 되었다는 뜻이다. 1844년 8월, 가족회의에서 금치산자 선고를 받기 전까지 금화 10만 프랑을 물쓰듯 썼다. 2년 남짓 동안에 유산 절반이 날아갔다. 보들레르는 단역배우 출신의 혼혈 여인 잔 뒤발과 파리의 호화 숙소인 피모당 호텔에 거주하며 비싼 물건들을 마구 사들였다.

매달 공증인에게 200프랑을 받는 게 고정수입의 전부였지만 모자, 구두, 넥타이 등을 사고, 서적 제본이나 액자, 판화, 골동품 구매에 돈을 썼다. 사치와 방탕으로 쌓인 빚더미 때문에 통속 드라마를 썼지만 실패했다. 반신불수와 실어증을 앓고, 재정 상태는 최악에 빠졌다. 보들레르는 말년의 일상을 적은 수첩 한 권을 남겼다. 이 수첩에는 1861년 7월에서 1863년 11월까지의 부채 명세와 돈거래의 기록들, 누군가의 주소들, 소소한 약속들, 집필 계획, 불쑥 솟구친 단상들이 적혀 있다. 천재 시인이었으나 인생 경영의 실패자였던 보들레르는 생활고에 매독과 중풍 같은 병고까지 겹쳐 시난고난하다가 46세로 세상을 떴다.

다자이 오사무와
묘비의 앵두

20대 때 신구문화사판 〈전후세계문학전집〉에서 『사양斜陽』을 처음 읽고 다자이 오사무(1909~1948)의 이름을 알았다. 패전 뒤 일본 사회를 덮친 허무주의를 섬세한 필치로 그린 작품이었다. 미시마 유키오도 이 작품을 두고 "멸망에 대한 서사시"라고 상찬했다. 하지만 나중에 작가의 병적인 의지박약과 자폐 성향, 늘 징징거리는 태도에 혐오감을 드러냈다. "적어도 그 절반은 냉수마찰이나 기계체조를 하는 규칙적인 생활로 치유될 수 있다"라고 꼬집었다.

다자이는 일본 아오모리현에서 대지주의 7남 4녀 중 여섯째 아들로 태어났다. 서른 명이 넘는 대가족 속에서 소외된 채 유모의 손에 자라났다. 도쿄대학 불문과를 중퇴하고 1930년대 '무뢰파無賴派'의 중심작가로 활동했다. 여러 차례 아쿠타가와상 후보에 오르지만 세간에 떠도는 '사생활에 대한 의심의 눈초리'로 인해 수상에는 실패했다.

다자이의 생은 퇴폐와 방탕으로 얼룩졌다. 일찍이 유흥가에 드나들며 기생들과 방종한 연애에 빠졌다. 도무지 돈 버는 재주가 없는 생활 무능력자였다. 집안 돈을 쓰다가 돈이 떨어지면 여기저기 손을 내미는 비굴한 편지를 썼다. 난봉꾼과 마약쟁이로 산 이력과 작품 속 염세주의에 빠진 '자멸파'의 세계는 하나로 겹쳐진다. 그가 수치스럽다고 가문에서는 의절을 선언하기도 했다.

다자이는 1948년 6월 13일, 도쿄의 한 수로에 애인과 함께 투신했다. 다자이의 39세 생일인 엿새 뒤에 시신이 떠올랐다. 다섯 차례 이상의 자살기도, 약물 중독과 정신병원을 드나들며 너덜너덜해진 생을 마감했다. 다자이가 죽은 뒤『인간실격』이 일본에서만 1천만 부가 팔려나갔다. 6월은 일본의 앵두 철이다. 다자이의 기일에 맞춰 묘소에 모인 독자들이 빨간 앵두를 묘비의 홈을 따라 빼꼭하게 꽂아 장식한다고 한다.

4 부

소설가의 모터사이클

올리버 색스와
원소 주기율표

누구나 자신만의 길을 찾고, 자기만의 삶을 산다. 이 아름다운 녹색별에서 저마다 주어진 유전과 신경학적인 운명을 산다. 지각을 가진 존재로 태어나 타인과 사랑을 나누며 산다는 것은 엄청난 특권이자 모험이라는 것. 이것이 '의학계의 계관시인' 올리버 색스(1933~2015)가 얻은 깨달음이다. 그는 신경과 전문의로 일하면서 만난 환자들의 이야기를 담은 『아내를 모자로 착각한 남자』『나는 침대에서 내 다리를 주웠다』 등을 쓴 작가로 더 유명하다.

그는 런던의 유대인 마을에서 태어났다. 어머니와 아버지 양쪽 다 유대인이고, 의사였다. 정통 유대교의 기도와 예배, 안식일을 지키는 가정에서 특별한 어린 시절을 보냈다. 차츰 유대교의 의례적 의무에 태만해지다가 유대교를 떠났다. 그 작별의 계기는 18세 때 찾아왔다. 그가 남과 다른 자신의 동성애 취향을 아버지에게 털어놓자, 아버지는 어머니에게 곧바로 고자질했다. 어머니는 그에게 "혐오스러운 것. 너는 태어나지 말았어야 했어"라고 쏘아붙였다.

1960년 의사 자격을 얻은 뒤 신경병학을 더 공부하려고 가족과 유대인 공동체를 떠나 미국으로 건너갔다. 그뒤 죽을 때까지 신경의학 의사로 환자를 돌보고 책을 썼다. 달마다 나오는 〈네이처〉나 〈사이언스〉를 즐겨 읽고, 양치식물과 무척추동물을 좋아했다. 그는 수줍음이 많은 탓에 남 앞에 나서는 것은 좋아하지 않았다.

그는 여든을 넘겨서야 삶의 여유와 자유를 누렸다. 날씨가 좋은 날엔 가끔 "안 죽고 살아 있는 게 기뻐!"라고 했다. 암 투병 중에도 글을 쓰고, 수영을 하고, 피아노를 쳤다. 하지만 그가 정말 사랑한 것은 원소들과 주기율표였다. 어린 시절부터 물리화학의 세계에 빠져 화학 주기율표를 달달 외우며 애착을 보였다. 82세로 인생을 마칠 때에도 그의 책상에는 주기율표와 함께 4번 원소인 베릴륨 조각이 놓여 있었다.

콘스탄틴 브랑쿠시와
물고기, 난형, 새를 빚은 추상 조각

20세기 초 파리는 유럽 변방과 미국에서 기차나 배를 타고 와서 눌러앉은 예술가들로 '예술의 황금시대'를 열었다. 1904년 루마니아의 한 청년도 파리를 향했다. 루마니아에서 기차를 타고 부다페스트, 빈, 잘츠부르크를 거쳐 뮌헨에 도착했을 때 여비가 떨어졌다. 그는 뮌헨에서부터 시골길과 벌판을 가로질러 걸어서 취리히, 바젤을 거쳐 마침내 파리에 들어섰다.

추상 조각의 거장으로 꼽는 콘스탄틴 브랑쿠시(1876~1957)는 술과 여성, 댄스홀과 극장을 좋아했으나 평생 독신으로 근면하게 살았다. 로댕류의 사실주의 조각을 자연의 모방에 지나지 않는다며 거부했다. 돌과 청동으로 빚은 물고기, 난형卵形, 닭, 기둥, 새 등은 추상의 형태로 이전에 없던 새로운 조각이었다.

그는 이복형제의 괴롭힘을 피해 13세 때 가출해 술집, 식료품점에서 시난고난하며 공예학교를 거쳐 예술학교를 나왔다. 28세 때 파리로 와 선술집에서 접시를 닦거나 교회 관리인으로 일했다. 다락방에 거처를 마련하고, 벽에 이런 글귀를 붙였다. "네가 예술가임을 잊지 말라. 신처럼 창조하고, 왕처럼 명령하고, 노예처럼 일하라."

그는 플라톤과 11세기 티베트의 승려, 노자의 철학에 심취했다. 대상의 본질을 좇다보니 그가 빚은 조각은 극단적인 단순함에 이르렀다. 브랑쿠시가 늘 환영받은 것은 아니다. 더러는 추상 조각이 외설스럽거나 기괴하다는 비난이 쏟아졌다. 1913년 미국에서는 시카고미술대학 학생들이 브랑쿠시 초상에 불을 질렀다. 하지만 〈입맞춤〉〈잠자는 여신〉〈공간 속의 새〉와 같이 파격적인 단순함으로 아름다움을 잘 드러냈다. 76세 때 가난한 청년을 품어준 프랑스로 귀화하고, 그는 감사의 표시로 조각 도구와 소장 작품 일체를 프랑스 정부에 기증했다. 1957년 3월 16일, 브랑쿠시는 "나의 일생은 기적의 연속이었다"는 말을 남기고 세상을 떴다.

권정생과
종

　『강아지똥』『몽실언니』 등으로 널리 알려진 동화작가 권정생
(1937~2007). 일본 도쿄의 빈민가에서 노동자의 4남 2녀 중 넷째
아들로 태어났다. 해방 이듬해에 귀국했으나 6·25전쟁 때 가족이
뿔뿔이 흩어졌다. 소년 권정생은 나무장수, 담배장수, 가게 점원
등을 하며 대구, 김천, 상주 등지를 걸인처럼 떠돌았다. 이때 얻은
폐결핵과 늑막염으로 평생 고생했다.

　29세 때 안동의 시골교회 종지기가 되었다. 혼자 밥을 끓이
고 때맞춰 교회의 종을 쳤다. 주일학교 교사를 하며 틈틈이 벙어
리, 바보, 거지, 시궁창의 똘배, 강아지똥 등을 소재로 동화를 썼
다. 1969년 월간 〈기독교교육〉에 「강아지똥」이 당선되고 이어
1973년 조선일보 신춘문예에 동화 「무명저고리와 엄마」가 당선

되었다.

1980년대 초 일직교회 언덕배기에 흙집을 지었다. 대문도 울타리도 없는 몸 하나 누일 작은 보금자리였다. 가진 게 없었지만 영혼이 누추한 적은 없었다. 그가 쓴 동화는 맑고 아름다웠다. 동화를 써서 꽤 많은 인세를 모았으나 삶은 소박했다. 물욕이 없으니 딱히 갖고 싶은 게 없었다. 시골교회 종루에 달린 특별할 것도 없는 종을 사랑했을까?

"다시 태어나서 25살 때 22살이나 23살쯤 되는 아가씨와 연애를 하고 싶다. 벌벌 떨지 않고 잘할 것이다." 죽기 이태 전에 쓴 유서에서 다시 태어나면 25세 때 나이가 두셋 어린 아가씨와 연애를 하고 싶다고 했다. 하지만 그는 전쟁이나 일삼는 얼간이 같은 지도자가 다스리는 세상에서는 절대 다시 태어나고 싶지 않다고 못박았다.

무욕과 무소유의 삶을 실천한 이들은 늘 더 많은 것을 갈망하는 이들을 부끄럽게 만든다. 2007년 5월 17일에 세상을 뜬 권정생도 그런 드문 사람이었다. 허름한 옷을 걸치고 고독과 질병을 벗삼아 산 그가 10억 원이 넘는 거액을 남긴 걸 알고 다들 놀랐다. 그 유산으로 '권정생어린이문화재단'이 세워졌다.

존 버거의
가죽 재킷과 모터사이클

존 버거(1926~2017)는 전방위 저술로 자신이 '르네상스형 천재' 임을 입증했다. 화가로, 미술교사로, 방송인으로 사회에 첫발을 뗐지만 곧 예술, 인문, 사회 분야의 에세이와 비평에서 두각을 나타냈다. 30대 초반에 첫 소설을 낸 뒤 40대 중반에 부커상을 받고 노벨문학상 후보에도 올랐다. 『본다는 것의 의미』를 처음 접한 뒤 꽤 오랫동안 존 버거의 책을 감탄하며 읽어왔다.

겸손과 유쾌함, 도발적인 기질을 함께 지닌 사람, 컴퓨터나 휴대폰, 디지털 사진기를 다룰 줄 알았지만 글을 쓸 때는 펜에 의존한 사람, 가족과의 유대를 중시하며 시골에서 농장 생활을 즐겼지만 문명 세계를 아주 등지지는 않은 사람, 놀랄 만한 에너지로 숱한 책을 써낸 사람. 그가 바로 존 버거다.

그는 12세 때부터 시를 쓰고 그림에 재능을 보였다. 관료를 양성하는 사립학교를 자퇴하고 16세에 런던의 미술학교에 들어갔다. 크로포트킨 같은 아나키스트의 책들을 읽으며 좌파적인 사회 감수성을 벼렸다. 군복무를 마친 뒤 마르크스 계열의 미술협회에서 일하다가 자기 글을 쓰면서 작가로서의 입지를 굳혔다.

36세 때 고향인 런던을 떠나 국제기구에서 번역가로 일하는 아내와 제네바에 살면서 이주노동자에 관한 『제7의 인간』을 썼다. 40대 후반에 프랑스 동부 알프스로 들어가 2017년 1월 2일, 90세로 생을 마칠 때까지 산골 농부로 살았다. 목초지로 가축을 몰고 가 풀을 먹이고, 외양간을 청소하고, 겨우내 가축에게 먹일 건초를 비축하는 일을 묵묵히 했다.

그는 바람의 저항을 뚫고 나아가는 모터사이클의 동학動學에 열광했다. "모터사이클을 모는 일과 정반대의 위치에 놓이는 것이 시를 쓰는 일"이라고 썼다. 20대 때부터 모터사이클을 탄 존 버거는 백발이 성성한 노인이 되어서도 가죽 재킷을 걸치고 모터사이클에 올라앉아 '속도의 열락감'에 취한 채 바람을 가르며 질주했다.

오스카 와일드의
공작 깃털과 벨벳 바지

1882년 2월 1일, 한 신사가 유럽에서 정기선을 타고 뉴욕에 도착했다. 뉴욕 세관에서 소지품 검사를 받을 때 거드름을 피우며 "내게는 천재성 이외에는 더 보여줄 게 없소"라고 말했다. 재기가 번득이는 천재 작가이자 위선 사회를 향한 독설과 재담으로 유명한 사교계의 총아 오스카 와일드(1854~1900)다.

그는 아일랜드 더블린에서 안과병원을 개원한 의사의 아들로 태어났다. '유미주의唯美主義' 운동의 중심지인 옥스퍼드대학을 다니며 존 러스킨이나 월터 페이터 교수가 이끄는, 예술작품에서 아름다움만을 섬기는 유미주의 유파의 세례를 받았다. 그는 장발에다 공작 깃털과 벨벳 바지 같은 '특이한 옷차림'으로 멋을 내곤했다.

보들레르는 "우아함 이외에는 다른 일거리를 가지고 있지 않아 어느 때나 전적으로 특출한 용모를 뽐내려는 자"라고 댄디를 정의했다. '드레스 코드'에 따르면 그는 댄디 중 한 사람이었다. 그는 한껏 뽐내는 차림으로 유미주의 취향과 철학을 드러내고, 자신이 범속한 군중과는 다른 존재임을 과시했다.

오스카 와일드의 삶은 평탄하지 않았다. 명문가 여성과 결혼하고도 남성 매춘부와의 추문, 후작 아들과의 동성애 스캔들로 시끄러웠다. '남색죄'로 징역형을 살았다. 장편소설 『도리언 그레이의 초상』은 죄악을 선동한 혐의로 재판에 회부되는 등 청교도 정신이 장악한 빅토리아 시대와 탐미주의 예술관은 번번이 충돌하며 불화를 빚었다.

'천상의 재능'에 대한 과잉의 자부심과 예술가라는 '특권 신분의 도발적 거만함'이 그를 평지돌출하는 '시대의 이단아'로 만들었을 테다. 1897년에 출소한 뒤 파산으로 무일푼이 된 그는 파리로 건너갔다. '세바스티앵 멜모스'라는 가명으로 살며 지인의 도움으로 연명했다. 1900년 11월 30일, 파리의 호텔 방에서 쓸쓸하게 생을 마감했다.

정약용의
부채와 붓과 붉은 부적

정조 때 실학자, 행정가, 사회개혁가, 도시설계자, 발명가로 이름을 알린 '전방위 지식인' 다산 정약용(1762~1836). 인생 전반기는 순탄했고, 후반기는 유배 생활로 버거웠다. 다산은 유배지에서 의학서인 『마과회통』, 인문지리서인 『아방강역고』, 그간 논어 해석을 총괄한 『논어고금주』, 지방관을 통한 사회 혁신을 주창한 『목민심서』 등을 썼다.

다산은 경기도 광주 마현(지금의 남양주시 조안면 능내리)에서 태어났다. 7세 때 "작은 산이 큰 산을 가리는 건, 멀고 가까움이 달라서"라는 시구를 쓸 만큼 문재를 타고났다. 22세 때 초시初試에 들고, 28세 때 대과大科에 오르며 정조의 두터운 신임을 얻었다. 31세 때 수원 화성을 설계하고, 수원성을 쌓는 용도로 거중기 등을 발명했다.

정조는 다산에게 단옷날에 부채를 선물로 내렸다. 옻칠이 된 부
채의 손잡이는 윤이 났다. 또다른 단옷날에는 바른말 하라고 붓과
붉은 부적을 주셨다. 조정에서 물러난 다산은 정조의 승하 소식에
슬퍼했다. 임금이 총애의 증표로 내린 애장품들이 그를 더욱 애달
프게 했다. 정조 승하 이듬해에 다산은 포항 장기로 유배되었다.

다산의 집안은 천주교에 연루되어 풍비박산이 났다. 자형 이승
훈과 형 정약종이 참수되었다. 조카사위 황사영이 '신유박해'의
전말을 담은 편지를 중국 북경의 주교에게 보내려다 발각된 '황
사영 백서사건'으로 다산은 포항 장기에서 강진으로, 형 정약전
은 흑산도로 유배당했다. 40세에 시작된 유배 생활은 인생 말년
인 57세 때에야 끝났다.

젊은 시절 다산의 말은 거침없고, 행동은 도드라졌다. 나이가
들어 비로소 신중해졌다. 불운과 역경이 뾰족한 재기를 눌러주었
을 테다. 유배지에서 가족을 그리워할 때는 그도 범부나 다를 바
없었다. "언제쯤 침방寢房에서 아름다운 만남 가질까. 그리워 않
노라, 그리워 않노라, 슬픈 꿈속의 그 얼굴"이라는 아내를 그리는
애절한 시를 남겼다.

레오나르도 다빈치와
창의성 노트

5백여 년 전, 한 특별한 인물이 죽었다. 신기술과 신지식이 솟구치듯 쏟아진 르네상스 시대에 태어나 사생아, 난독증 환자, 동성애자, 채식주의자로 살았던 사람. 구텐베르크나 콜럼버스와 동시대에 활동한 사람. 레오나르도 다빈치(1452~1519)는 1519년 5월 2일에 죽었다.

그의 천재성은 예술, 과학, 기술, 창의성에서 불가사의한 방식으로 돌출했다. 그는 〈모나리자〉를 그린 천재 화가요, 근육과 뼈, 뇌에 관한 해부학 지식을 전파한 의학자요, 기하학과 수학적 형태의 변화를 연구한 수학자요, 태양과 별들의 이동 경로를 관찰한 천문학자요, 독창적인 무기를 고안한 군사공학 기술자요, 나선 추진기를 이용한 영구기관永久機關과 유인 비행기를 설계한

과학자였다.

레오나르도는 공증인의 사생아로 태어났다. 사생아에 대한 차별이 없던 시대라고 하지만 그는 최상위 전문교육 기관인 '라틴어 학교' 대신에 '주산 학교'에 보내져 실업계 교육을 받았다. 그의 생애 동안 다채로운 창의성에 촉매 역할을 한 박물적 지식은 대부분 독학으로 얻은 것이다.

그는 잠자리나 조류鳥類와 같이 이동하는 것의 움직임을 포착하는 눈썰미가 남달랐다. 강물의 흐름을 관찰하고 "당신의 손에 닿는 강물은 이미 지나간 것의 마지막이자 다가오는 것의 처음이다"라고 썼다. 그는 자연에서 관찰한 것이나 창의적인 아이디어를 꼼꼼하게 기록했다.

1487년경부터 쓰기 시작한 '파리 메뉴스크립트 B'라는 노트에는 잠수함, 스텔스함, 대포 같은 군사무기 스케치, 교회와 도시를 위한 건축설계 도면들을, 또다른 후기 노트에는 뒤죽박죽인 낙서들, 반쯤 다듬어진 착상들, 무기나 동력 장치에 대한 것, 논문 초고 등을 남겼다. 당시에는 종이가 비쌌기 때문에 레오나르도는 늘 수첩의 가장자리까지 채워서 쓰곤 했다.

블라디미르 나보코프와
나비 표본

  소설가 블라디미르 나보코프(1899~1977)는 우리 존재를 "영원한 암흑 속에서 일어난 짧은 전기 누전"에 불과하다고 말했다. 그 짧은 생애 동안 우리는 얼마나 많은 비참과 고통을 겪는가. 유년기의 달콤한 행복이나 자연의 아름다움은 그 비참과 고통에 대한 보상인 것. 러시아 상트페테르부르크의 귀족 집안에서 장남으로 태어나 엄청난 유산을 상속받지만 세계 이곳저곳을 유랑하는 신세가 그의 운명이었다.

  나보코프 일가는 볼셰비키 혁명의 소용돌이를 피해 1919년 독일로 이주했다. 아버지는 베를린에서 극우파에 의해 암살당했다. 나보코프는 1940년 나치를 피해 다시 미국으로 망명해 뉴욕에 정착했다. 스탠퍼드, 코넬, 하버드 대학 등에서 문학 강의를 하는 한

편, 모국어가 아닌 영어로 소설을 썼다. 1955년에 나온 『롤리타』가 큰 성공을 거뒀다. 하지만 그의 생애는 고단했다. 『롤리타』는 지금은 고전으로 평가받지만 출판 초기에는 소아성애자의 뒤틀린 욕망을 다뤘다는 이유로 '청소년 유해도서'로 분류되어 금서로 지정되는 소동을 겪었다.

나보코프는 어려서부터 나비 채집에 열을 올렸다. "문학보다 나비에서 더 행복한 열정, 엄청난 희열을 느꼈다"라고 말할 정도였다. "남아메리카의 가장 외진 지역에 서식하는 다양한 나비 무리"를 가리키는 '블루' 연구에서 큰 업적을 남긴 그는 나비 표본을 바라볼 때 가장 행복했다. 1942년에서 1948년까지 하버드대학 비교동물학 박물관에서 곤충학 특별연구원으로 근무했다.

나보코프는 유복한 어린 시절이나 나비처럼 아름다운 것에의 매혹에서 덧없음을 느꼈을 것이다. 왜냐하면 그것은 영원히 지속되지 않으니까. 그럼에도 그는 평생 나비를 좇아 열대우림 등지를 쏘다녔다. 나비는 그에게 잃어버린 어머니, 모국, 아름다움에 대한 덧없는 환영 같은 게 아니었을까.

장기려와
넥타이

집에 든 도둑이 들고 나갈 게 없자 책들을 주섬주섬 챙겼다. 주인이 도둑을 말렸다. "그건 돈이 안 되는 것이니 놔두시게. 대신 내가 돈을 주겠네." 도둑은 책 대신에 돈을 받고 나갔다. 바보 의사, 작은 예수, 한국의 슈바이처로 불린 장기려(1911~1995)의 얘기다. 그는 부산에서 청십자의원을 세우고, 나라의 의료보험제도보다 앞서서 '청십자의료보험' 시대를 열었다.

의사 장기려는 거지, 행려병자, 간질 환자를 먼저 섬긴 우리 시대의 의인이고 성자다. 집에 구걸 온 걸인과 겸상을 하고, 거리의 걸인에게는 외투를 벗어주었다. 어느 날인가, 거지를 만났는데 돈이 없었다. 그는 그냥 가다가 월급으로 받은 안주머니의 수표가 생각나자 돌아가서 그걸 거지에게 건네주었다.

그는 일제 강점기에 경성의전(지금의 서울대 의대)을 졸업하고 서른 살에 평양기홀병원 외과 과장으로 가서 병원장을 지냈다. 해방 무렵 김일성대학 교수를, 나중에 남쪽으로 내려와 서울대 의대와 서울 가톨릭대 의대에서 외래교수를 지냈다. 김일성대학에서 영어 원서로 가르칠 만큼 영어 실력이 뛰어났고, 독학으로 공부한 러시아어 실력도 훌륭했다.

1950년 12월 3일, 차남만을 데리고 남쪽으로 내려오며 아내와 자녀 다섯과는 생이별했다. 늘 북쪽에 두고 온 아내와 자녀들을 그리워하며 평생을 독신으로 살았다. 그는 성실한 신앙인이었지만 돈과 권위주의, 파벌과 세습 같은 세속주의에 물든 교회개혁을 절감했다. 76세 때 교단과 교회를 등지고 기독 신앙의 실천을 예배보다 중시하는 '종들의 모임'에 나갔다.

한번은 교단 목사들을 '종들의 모임'에 초대했다. 이들은 강단에 선 이가 남방 차림에 넥타이를 매지 않은 것을 보고 "넥타이도 안 매고 말이지, 뭐 들을 게 있겠어요?" 하고는 가버렸다. 장기려는 본질이 아니라 겉치레를 문제삼는 교단 목사들을 가엾게 여겼다. 그는 "넥타이를 믿는 사람들이 하나님 말씀 들을 자격 없지. 예수님이 넥타이 맸냐!"라며 혀를 찼다.

니체와
타자기

　1889년 1월, 이탈리아 토리노의 광장에서 한 남자가 마부에게 채찍질을 당하는 말을 얼싸안고 울부짖었다. 그는 하숙집으로 돌아와 광란 상태로 괴이한 춤을 추고 괴성을 지르며 거실의 피아노를 마구 두드렸다. 주인이 경찰을 불렀다. 며칠 뒤 독일에서 친구가 와서 그를 바젤의 정신병원으로 데려갔다.

　'영겁회귀' 철학의 창안자, 위버멘슈의 탐구자, 여러 사상의 실험실, 삶이라는 괴물을 초극하려던 예술가, 철학자 중의 철학자, 프리드리히 니체(1844~1900)는 말년을 정신병원에서 보냈다. 뇌경색 환자로 무기력하게 늘어져 있는 동안 어머니와 여동생이 간병했다. 1900년 8월 25일, 니체는 여러 차례 정신병원을 들락날락하다가 세상을 떴다.

니체는 25세 때 박사학위도, 교수 자격도 없었지만 스위스 바젤대학에 고전문헌학 교수로 초빙되었다. 하지만 34세 때 건강 악화로 사직서를 냈다. "사는 것 자체가 끔찍한 고통"이라고 할 만큼 머리에서 발끝까지 아프지 않은 데가 없었다. 그는 좋은 날씨와 신선한 공기를 찾아 유럽의 여러 고산지대, 바닷가, 호숫가를 떠돌며 집필을 이어갔다.

1881년 말, 이탈리아 제노바에서 다락방을 빌려 요양할 때 눈병과 두통이 악화됐다. 니체는 집필 중단에 대한 두려움에 휩싸였다. 이듬해 1월, 덴마크제 몰링 한센 타자기를 주문했다. 이 타자기는 화려한 장식과 함께 대문자와 소문자, 숫자와 인용부호를 표기할 수 있는 키 52개가 동심원을 이루며 돌출되어 있었다.

니체는 이 문명의 도구를 받은 뒤 "타자기는 나와 같은 물건. 철로 만들어졌지"라고 흡족해했다. 이 새로운 집필 도구가 새로운 사상을 빚는 데 도움이 될 거라고 믿었다. 그는 타자기 작동법을 익힌 뒤 집필을 재개했다. 하지만 타자기는 병치레를 하는 그의 열악한 몸처럼 자주 말썽을 일으켰다.

조르주 상드와
편지

"사랑하라, 삶에서 좋은 것은 이것뿐이다"라며 숱한 염문을 뿌려 스캔들의 여왕에 올랐다. 여성이 성과 연애에 대한 자기 결정권을 쥐는 게 드문 시대에 '팜파탈'로 손가락질을 당했다. 작가로 유명했지만 피아니스트 쇼팽의 연인으로 더 각인되었다. 조르주 상드(1804~1876)가 세상을 뜨자 빅토르 위고는 "상드는 하나의 사상이다"라고 말했다.

기병대 장교인 아버지와 유랑극단에서 춤추는 단역배우 사이에서 태어났다. 아버지가 낙마 사고로 비명횡사하자, 어머니는 딸의 양육권을 포기하는 대가로 시어머니에게 돈을 두둑하게 챙겨 떠났다. 상드는 부유한 할머니의 손에서 남부러울 것 없이 양육되었다. 라틴어, 그리스어, 수학, 역사, 예술 등을 두루 배우며 교양과 기품을 갖추었다.

18세 때 육군 소위와 결혼했다. 남편은 바람을 피우고, 결혼 생활은 끔찍했다. 그 권태에서 도피의 방편으로 아리스토텔레스, 파스칼, 단테, 몽테뉴 같은 철학자와 작가의 책에 빠져들었다. 21세 때 유부녀로 26세 변호사와 사랑에 빠졌다. 28세 때 첫 소설을 내며 오로르 뒤팽이라는 본명을 버리고 조르주 상드라는 필명을 썼다.

34세 때 결핵환자 쇼팽과 사랑에 빠졌다. 그의 간병비와 세 자식을 위해 돈을 벌었다. 쇼팽이 딸 솔랑주에게 눈독을 들인 걸 알고 절교편지를 썼다. 헌신과 희생, 그리고 배신으로 얼룩진 상드와 쇼팽의 사랑은 9년 만에 막을 내렸다. 상드에게 '가정부, 몽유병 환자, 뜨내기 배우, 흡혈귀, 정신 나간 아줌마, 소설의 매춘부'라는 거친 비난이 쏟아졌지만 연애에 꿋꿋했다.

상드는 평생 4만여 통의 편지를 쓴 걸로 유명하다. 여러 연인에게 끊임없이 편지를 썼다. 상드에게는 마치 편지가 그의 사상이고 존재 증명인 듯했다. 편지의 수신인도 톨스토이에서 발자크, 에밀 졸라를 포함해 실로 다양했다. 조르주 상드는 '편지의 신'이라 불릴 만했다.

도스토옙스키와
전당포에 맡긴 물건

　카지노의 후끈한 열기, 룰렛 테이블에 쌓인 금화, 전두엽을 스치는 파멸에의 예감, 흥분으로 뛰는 심장 박동……. 룰렛 게임에서 마지막 판돈을 털린 뒤 사내는 아내에게 편지를 썼다. "사랑스러운 안나, 나의 벗, 나의 아내, 제발 나를 용서해주구려. 당신이 보내준 돈을 몽땅 다 잃었소. 어제 받은 돈을 바로 어제 잃었구려."

　당대 러시아에서 가장 많이 팔린 소설을 쓴 작가, 톨스토이·괴테와 더불어 '대문호'라는 칭호를 받은 작가, 과시용 소비와 가족의 빚, 도박 중독으로 늘 빚 독촉과 가난에 옥죄인 채 살았던 작가, 표도르 도스토옙스키(1821~1881). 그의 소설 『카라마조프가의 형제들』『죄와 벌』『백치』 등은 불후의 걸작으로 평가받는다.

도스토옙스키는 모스크바에서 빈민구제병원 의사의 둘째 아들로 태어났다. 24세 때 첫 소설『가난한 사람들』로 격찬을 받지만 몇 해 뒤 반체제 지식인의 '금요모임'에 가담했다가 체포되어 사형선고를 받았다. 사형 직전에 감형을 받고 10년 동안 시베리아 유형 생활을 마친 뒤 집으로 돌아왔다.

동업으로 잡지사를 운영하던 형이 죽자 빚과 유가족 생계를 떠맡았다. 아무리 소설을 써도 빚을 갚고 군식구의 생활비를 대기에는 역부족이었다. 1867년 4월 14일, 해외로 도피했다. 국외 체류자로 제노바, 베를린, 드레스덴, 프라하, 밀라노 등을 떠돌 때도 룰렛 도박은 끊지 못했다. 도박 밑천을 마련하려고 결혼반지, 아내의 옷, 신발, 모자 따위를 전당포에 맡기곤 했다.

도스토옙스키의 인생은 사형선고, 도박에의 과몰입과 간질 발작 등으로 불행했다. 그는 불행과 싸우는 내내 죄와 욕망의 심연에서 허우적댔다. 45세 때 만난 속기사 양성학원 출신의 두번째 아내 안나가 없었다면 재기는 불가능했을 것이다. 자살하겠다는 그를 보듬고, 구술하는 소설을 받아쓰며, 그가 작품 집필을 이어나가게 한 것도 바로 안나였다.

마더 테레사와
사리 두 벌, 손가방 하나

우리 시대의 가장 무서운 질병은 한센병이나 암이 아니다. 그
것은 사랑과 자비의 부족, 가난이나 다른 이유로 고통받는 희생자
들에 대한 냉담과 무관심이다. 수녀 마더 테레사(1910~1997)는 그
질병을 치료하기 위해 전 세계에 헌신과 봉사의 씨앗을 퍼뜨렸다.

그는 알바니아 스코페(지금의 북마케도니아 공화국 수도)에서 태어
났다. 아버지는 사업가이자 시의원이었다. 1919년 어린 삼남매와
아내를 둔 채 갑자기 세상을 떠났다. 어린 테레사는 언니와 함께
가톨릭 교구 합창단에서 활동했다. 1928년 9월 26일, 18세에 수
녀가 되려고 고향을 떠났다. 이듬해에 '파견 수녀'로 인도 콜카타
빈민가에서 활동을 시작했다.

마더 테레사는 봉사하는 것을 '진정한 특권'이라고 여겼다. 봉

사활동을 더 효율적으로 하려고 '사랑의 선교회'를 세웠다. "우리 자매들이 행하는 일은 바다에 있는 물방울 하나에 불과하다. 그러나 우리가 그 물방울을 바다에 떨어뜨리지 않으면, 바다에는 무언가 부족하게 될 것이다. 그것이 한 개의 물방울일지라도."

스페인에서 사랑의 선교회 첫 집을 열었을 때, 누군가 냉장고를 기증했다. 마더 테레사는 '자발적 가난'에 어긋나니 냉장고를 다시 가져가달라고 부탁했다. "내 자매들을 맡기니, 늘 보살펴주시고 도와주시기 바랍니다." 누군가 "걱정 마세요, 수녀님. 아무것도 부족함이 없도록 하겠습니다"라고 말하자 마더 테레사는 '도움'의 뜻을 분명하게 밝혔다. "제발 부탁하건대 가난한 삶을 살 수 있도록 도와주십시오."

마더 테레사는 1979년에 노벨평화상을 받았다. 수상 소식 뒤 각국 대통령과 총리들에게 온 축하 전보가 '산더미'처럼 쌓였다. 하지만 가난을 존중하고 검소함을 추구하는 삶은 달라지지 않았다. 여행을 하거나 이동할 때 늘 조그만 성모상이 든 싸구려 손가방 하나만을 가지고 다녔다. 사리 두 벌, 손가방 하나. 그 이상은 소유하지 않았다.

조지아 오키프와
소와 야생동물의 머리뼈

백합과 칼라 같은 꽃이나 햇빛에 탈색된 소와 야생동물의 머리뼈를 그린 화가, 사막과 지평선과 붉은 언덕을 사랑한 화가 조지아 오키프(1887~1986)의 화집을 선물로 받았다. 40년쯤 전의 일이다. 뉴멕시코주 사막에서 찾은 소와 야생동물의 뼈는 햇볕에 바짝 말라 초현실적인 분위기를 자아내며 죽음과 부활에 대한 화가의 몽상을 자극했다.

오키프는 미국 중서부의 황금빛 옥수수밭이 펼쳐진 위스콘신주에서 태어났다. 화가가 되기로 결심하고 15세에 집을 떠나 20세 무렵까지 시카고와 뉴욕의 미술학교를 전전했다. 사진작가이자 영향력 큰 화상畫商인 스티글리츠(1864~1946)의 뉴욕 갤러리 '291'에서 로댕의 드로잉과 유럽 화단의 신성인 마티스, 브라크,

피카소의 그림을 본 것이 1908년이다.

오키프는 30세 때 갤러리 '291'에서 드로잉과 수채화로 꾸린 첫 개인전을 열었고, 스티글리츠는 오키프를 모델로 삼아 사진을 300여 점이나 찍었다. 이 무렵 오키프는 스티글리츠의 모델이자 애인으로 더 명성이 높았다. 1924년 12월 11일, 두 사람은 결혼했다. 오키프는 37세, 스티글리츠는 60세. 예술이라는 공감대, 그리고 영적으로 연결된 둘에게 나이 차는 문제가 되지 않았다.

오키프는 1918년에서 1932년까지 줄기차게 꽃을 그렸다. 캔버스는 백합 한 송이나 두 송이만으로 가득 채워졌다. 꽃의 암술과 수술은 '확대 시점'에 의해 새로운 형상으로 빚어졌다. 꽃을 해부학적으로 확대해 단순명료하게 해석한 그림은 묘하게도 성적인 연상 작용을 일으켰지만 오키프는 대중의 해석을 거부했다.

1946년 5월, 뉴욕근대미술관에서 오키프의 회고전이 열렸다. 그해 여름 스티글리츠가 82세로 죽자 "파괴를 향한 그의 힘은 창조력만큼이나 강렬했다. 극과 극은 서로 통하는 법. 나는 그 둘을 모두 경험했고 살아남았다"라고 회고했다. 미국 화단을 대표하는 화가로 우뚝 선 오키프는 미국 서부의 산타페에서 말년을 보내다가 99세에 타계했다.

폴 세잔과
바구니 속 사과

화가 폴 세잔(1839~1906)은 평소 "사과 한 개로 파리를 놀라게
하고 싶다"고 친구들에게 말했다. 그는 정물 중에서 바구니 속의
사과, 접시 위의 사과, 탁자 위의 사과를 즐겨 그렸다. 세잔의 사
과는 아담의 사과, 뉴턴의 사과, 스티브 잡스의 사과와 더불어 역
사에 남을 만한 사과일 것이다.

세잔은 화가가 되기 전 은행원으로 일했다. 그러다가 화가로
전직해 인생을 마쳤다. 볼로디미르 젤렌스키는 코미디언으로 활
동하다가 우크라이나의 신임 대통령에 뽑혔다. 내 친구는 실업
계 고등학교를 나와 라면회사 경리로 일하다가 독일로 건너가 오
페라 가수로 명성을 얻었다. 아무도 제 운명의 장력張力을 벗어날
수 없는 것이다.

세잔은 은행가로 자수성가한 아버지의 권유로 법학과를 나와 은행원으로 일했지만 그의 꿈은 화가가 되는 것. 그는 은행 회계 장부에 "은행가인 세잔은 제 책상 뒤로 한 화가가 나타나는 것을 두려움에 떨며 바라본다"라고 끼적였다. 세잔은 은행원을 그만두고 그림 공부를 하러 파리로 갔으나, 막상 파리에 적응하지 못해 은행으로 돌아왔다.

　아들의 방황을 지켜본 아버지는 은행을 물려주는 걸 포기했다. 아들에게 매달 125프랑의 생활비를 대며 아들의 꿈을 응원했다. 세잔은 파리의 에콜 데 보자르의 입시에 낙방하고, 살롱전에서도 잇달아 낙선했다. 하지만 그림을 포기하지는 않았다. 오전 6시부터 11시까지 작업실에서, 점심을 먹은 뒤엔 12시에서 4시까지 루브르 박물관을 찾아가 그림을 그렸다.

　세잔은 관습적인 화풍에서 벗어난 그림을 그렸다. 빛의 움직임에 따라 변하는 대상의 느낌을 중시했다. 〈생트 빅투아르산〉 연작은 세잔의 걸작이다. 산의 형상은 구름의 움직임, 빛의 파노라마에 따라 달라지는데, 이를 색채의 광학적 혼합으로 잘 드러냈다. 세잔은 비평가의 홀대와 대중의 놀림을 견디며 평생 그림에만 매달린 끝에 결국 거장의 자리에 올랐다.

요하네스 페르메이르와
악기와 지도와 지구본

'네덜란드의 모나리자'라는 요하네스 페르메이르(1632~1675)의 〈진주 귀고리를 한 소녀〉는 1881년 경매에서 한 수집가에게 낙찰되며 세상에 알려졌다. 노란색 상의에 푸른 터번을 머리에 두른 소녀가 고개를 돌려 누군가를 바라본다. 큰 눈망울은 순진해 보이고, 입은 방심한 듯 벌어졌으며, 진주 귀고리는 영롱하게 반짝인다.

페르메이르의 부친은 시장에서 선술집을 꾸렸다. 당시에는 선술집에서 미술품 경매가 이루어졌고, 그는 미술품상 길드에도 등록되어 있었다. 화가로 성장한 페르메이르는 21세 때 가톨릭 집안의 여인과 결혼해 가정을 꾸렸다. 페르메이르는 화가 조합에 가입하는데, 5년 동안 길드 가입비를 내지 못할 정도로 살림이 쪼들렸다.

1655년 아버지가 죽자 선술집과 미술품 거래사업을 물려받지만 이마저도 신통치 않았다. 프랑스 침공으로 네덜란드의 사정이 더욱 나빠졌다. 페르메이르는 가계 적자를 빚으로 메우다가 1674년 7월 은행에서 거액의 대출을 받아 빚을 청산했다. 이듬해 12월, 페르메이르는 43세로 갑자기 세상을 떴다. 그의 사후 많은 그림이 빚 청산을 하느라고 경매에 넘겨졌다.

페르메이르 이전 유럽 화가들은 종교와 역사를 다루면서 영웅이나 신화에 나오는 신, 기독교 성화聖畫를 그렸다. 반면 네덜란드 화가들은 여성의 가사노동 같은 일상의 모습을 즐겨 그렸다. 신과 군주에서 소시민을 위한 것으로 예술이 변화하는데, 그 중심에 페르메이르가 있다. 그는 우유를 짜고, 편지를 읽으며, 레이스를 뜨고, 사과를 깎는 여인 같은 소박한 풍경을 밝은 색채로 그렸다.

〈류트를 연주하는 여인〉〈병사와 웃고 있는 여인〉〈편지를 읽는 푸른 옷의 여인〉 등에는 지도가 등장한다. 당시 네덜란드에서 지도가 대량 제작되고 가정에서 장식품으로 쓰였음을 알려준다. 페르메이르는 지도와 더불어 악기와 지구본 같은 소품을 꼼꼼하게 묘사했다. 그런 방식으로 눈에 보이는 것과 느낀 것의 사실적 재현자임을 드러냈다.

유일한과
버드나무 목각화

1904년 봄, 한 소년이 제물포에서 대한제국 순회공사의 손을 잡고 멕시코행 여객선에 올랐다. 이 배에는 미국 유학을 가는 소년들과 하와이로 가는 이민 노동자들도 타고 있었다. 9세 소년은 미국 중부의 네브래스카주에 사는 미국인 자매에게 맡겨졌다. '리틀 유'라고 불리던 이 소년이 '유한양행'을 세운 기업가 유일한(1895~1971)이다.

소년은 식당 심부름꾼, 신문배달, 구두닦이와 같은 허드렛일을 하며 학교를 다녔다. 고등학교 때 박용만 등이 세운 '소년 군사학교'에서 훈련을 받고, 학교에서는 미식축구 선수로 활동했다. 고등학교를 졸업할 무렵 북간도로 이주한 집안의 형편이 어렵다는 소식을 듣고 100달러를 대출받아 송금했다. 유일한은 이 융자금과 대학 등록금을 마련하려고 변전소에서 일했다.

유일한은 미시간대학에서 법학과 회계학을 전공했다. 비단, 손수건, 부채, 찻잔, 쟁반 등 동양의 일용품을 도매점에서 사다가 중국인에게 되팔아 돈을 모았다. 이 돈을 종잣돈 삼아 대학동창과 동업으로 '라초이 회사'라는 동양 식료품 판매사를 세웠다. 특히 숙주나물 통조림을 제조해 판매하면서 큰돈을 벌었다.

소년은 낯선 땅에서 "신산辛酸한 유랑의 세월"을 딛고 성공 신화를 썼다. 유일한은 미국을 떠날 때 서재필 박사가 건네는 '버드나무 목각화'를 선물로 받았다. 유한양행의 상표로 널리 알려진 그림이다. 1927년 아내인 소아과 의사 호메리와 함께 돌아와 유한양행의 초대 사장에 취임했다. 그리고 서양 의약품을 팔던 회사를 우리나라에서 손꼽는 제약 기업으로 키웠다.

1971년 3월 11일 오전 11시 40분, 유일한은 눈을 감았다. 유품은 단출했다. 구두 두 켤레, 양복 세 벌. 딸에겐 땅 5천 평을 물려주고, 아들에겐 "대학까지 졸업시켰으니 자립해 살거라"라는 말을 유언으로 남겼다. 전 재산을 사회에 환원하라는 유언장은 부를 대물림하는 사회에 유쾌한 파장을 일으켰다.

찰스 다윈과
인생의 전기가 된 책 세 권

1825년은 영국에서 세계 최초로 증기기관차가 철로를 달린 해다. 그해 가을, 15세 소년은 마차를 타고 고향을 떠나 500킬로미터 떨어진 고장에 도착했다. 에든버러대학 의학부에 입학한 소년은 34년 뒤 세상을 바꾼 책 한 권을 썼다. 1859년 11월 24일, 존 머리 출판사에서 초판 1250부를 인쇄했다. 바로 찰스 다윈(1809~1882)의 『종의 기원』이다.

다윈은 조부와 아버지가 의사인 집안에서 2남 3녀 중 막내로 태어났다. 19세기 상업자본이 산업자본으로 바뀌던 시기에 다윈 집안은 의술과 지적 자산을 기반으로 큰 재산을 모았다. 조부는 의사이자, 시를 짓고 식물학 연구를 한 사람이었다. 미국 독립과 프랑스 혁명을 지지하는 진보 사상가이자 무신론자로 진화 사상을 담은 책을 썼다.

소년 시절 기숙사 학교에서 라틴어와 그리스어를 배웠다. 8세 때 어머니를 잃은 소년은 공부는 뒷전이고 곤충, 식물, 조개류, 광물의 수집에 더 열광했다. 교장 선생은 전교생 앞에서 그를 지목해 '한눈만 파는 녀석'이라고 야단을 쳤다. 의과대학에서 1년 반을 보냈다. 이때도 자연사 박물관에서 보내는 시간이 더 많았다.

1831년 케임브리지 크라이스츠 칼리지를 졸업했다. 그해 12월 3일에 탐사선 비글호에 올라 남반구 대륙과 섬들을 방문했다. 1836년 10월 2일 팰머스항으로 돌아온 다윈은 과학사에 남을 만한 역작『비글호 항해기』를 써냈다. "비글호 항해는 내 일생에서 가장 중요한 사건이다. 그것은 내 전 생애의 길을 결정했다."

홈볼트의『남미여행기』, 밀턴의『실낙원』, 맬서스의『인구론』은 다윈의 인생을 바꾼 책들이다. 술, 승마, 카드놀이에 빠진 청년 다윈은 이 책을 읽은 뒤 긴 탐사 여행에 나섰고, 갈라파고스제도에서 거북이 고기를 구워먹으며 진화 사상을 키우고 진화론의 기초인 자연 선택과 생물 종의 변이에 대한 착상을 얻었다.

박서보와
와인 한 병

한국 추상주의의 한 흐름을 대표하는 '단색화'는 서구의 모노크롬이나 미니멀리즘과는 결이 다르다. '앵포르멜'과 '추상 표현주의' 사이에서 태동한 이 추상 운동은 1960년대에 윤형근, 이우환, 윤명로, 김창열 등이 이끌었다. "한국 최고의 미니멀리즘 작가"라는 말에 발끈해 "나는 미니멀리스트가 아니라 단색화 화가다"라고 한 이는 한국 화단의 거장인 박서보(1931~)다.

1931년 경상북도 예천에서 태어났다. 본명은 박재홍. 24세 때 "인생에 좀 변혁을 가져오고 싶은 욕망"으로 '서보栖甫'라는 호를 본명 대신에 쓰기 시작했다. 홍익대 미술학부에 입학하던 해에 한국전쟁이 터졌다. 동양화에서 서양화로 전공을 바꾼 것은 청바지에 바바리코트 자락을 휘날리며 교정을 돌아다니던 스승 김환기

(1913~1974)의 영향이 컸다.

1973년에 나온 〈묘법〉 연작은 캔버스의 바탕색 위에 연필로 반복해 선을 그린 작품이다. 굳이 무엇을 그리지 않고 무수한 반복의 흔적만 남겼다. "나는 아무것도 그리지 않았다. 무위無爲의 진동뿐." 일제 강점기에 태어나 한국전쟁을 겪고, 미군 병사의 초상화와 미군 식당 벽에 그림을 그리며, "뭇 봉건의 아성인 국전國展"에 반기를 들고 단색화 운동을 밀고 나아간 박서보의 인생 궤적은 한국 현대미술과 궤를 같이한다.

1960년 말, 박서보는 파리 세계청년화가대회에 나갔다. 막상 파리에 도착해보니 콘퍼런스는 1년 연기된 상태였다. 망연자실. 어렵게 떠나왔는데 빈손으로 귀국할 수는 없었다. 파리에서 자주 끼니를 거르며 1년을 버텼다. 호텔 숙박비가 없어 야반도주를 했다. 새로 구한 하숙집 주인은 하숙비가 밀렸다고 전기를 끊었다. 그뒤 기적이 일어났다.

박서보의 〈원죄〉가 콘퍼런스 추상 분야에서 일등상을 거머쥐었다. 거금 8천 달러를 상금으로 받았다. 지인들에게 빌린 돈과 하숙비를 갚았다. 몇 달치 하숙비를 한목에 받은 하숙집 할머니는 슬그머니 와인 한 병을 방문 앞에 두고 갔다. 하지만 동아시아에서 온 청년 화가는 그때까지 와인을 마실 줄 몰랐다.

스피노자와
렌즈

　스피노자(1632~1677)는 17세기 네덜란드 암스테르담에서 도덕
철학자, 사회비평가, 성서주석가, 히브리어 문법 연구자, 유대교
의 배교자, 실패한 무역상, 렌즈를 만드는 사람으로 살았다. 그는
근대 맹아기이자 급진적인 시대에 "광학의 가장 아름다운 비밀"
의 탐구자이고, 동시에 "진리의 명징성"을 추구하는 철학자의 길
을 걸었다.

　상인의 아들로 태어나 초등 교육과정을 마친 뒤 14세 무렵
학교를 그만두고 아버지의 무역회사에 들어가 일을 거들었다.
1654년 공증서에는 스피노자의 직업이 "암스테르담에 있는 포르
투갈 상인"으로 기재되었다. 그는 암스테르담의 다문화적 분위기
에서 자유롭게 사유하고 자유 의지를 추구하는 교양인으로 살기

를 바랐다.

그가 선택한 직업은 렌즈 세공사였다. 렌즈를 깎고 다듬는 작업은 고독한 일이었다. 그는 수학과 철학을 연구하며 생계를 꾸리려고 렌즈와 광학 기구를 만들었다. 1661년 가을에는 성능이 뛰어난 망원경과 현미경을 제작했다. 당시 한 의사는 "유명한 수학자이자 철학자인 스피노자가 만든 1등급 현미경"으로 림프의 혈관 다발을 관찰했다고 썼다.

유대인 공동체에서 탈무드를 배우며 자랐지만 어쩐 일인지 '탈무드 토라'에서 출교당하고, 유대교에서도 이탈했다. 스피노자는 "무신론자로 모든 종교를 비웃는, 공화국에 해로운 존재"로 낙인찍혔지만 그런 비난에 구애받지 않았다. 그는 광학 기계 제작업자로 명성을 얻었고 신, 인간, 우주에 대해 사유하고 당대의 '진리'를 비판하는 책을 썼다.

스피노자는 파이프 담배를 피우고 직업의 특성상 유리 가루를 많이 마셨다. 그런 탓에 호흡기 질병을 얻어 자주 기침을 하고 신열이 높았다. 몸이 쇠약해진 상태에서 열을 내리려고 사혈瀉血을 하며 역작 『에티카』를 썼다. 1677년 2월 21일, 스피노자는 하숙집에서 45세로 조용히 눈을 감았다. 『에티카』는 그의 사후에 출간되었다.

코코 샤넬과
너도밤나무의 단풍 잎사귀

　1971년 1월 10일 일요일. 파리 리츠 호텔에서 누군가 쓸쓸한 죽음을 맞았다. 한 시대를 풍미한 스타일의 창시자, "식사는 뭘 드세요?"라는 물음에 "아침에는 치자꽃을, 저녁에는 장미꽃을 먹죠"라고 대답한 여인, 마릴린 먼로가 밤에는 샤넬 넘버5 몇 방울만 입고 잔다는 말로 유명해진 향수를 만든 코코 샤넬(1883~1971)이 죽은 것이다.

　샤넬의 어린 시절은 어머니의 죽음과 함께 끝났다. 1895년 2월 어느 날, 장돌뱅이 아버지는 어린 딸 셋을 수도원 부속 고아원에 맡겼다. 그중 한 아이가 샤넬이었다. "나는 열두 살 때 모든 걸 빼앗겼다. 그때 나는 죽은 것이나 다름없다." 아버지는 단 한 번도 고아원을 찾지 않았다. 샤넬은 고아원에서 성마르고 반항적인 소녀 시절을 보냈다.

샤넬은 보조 양재사를 하다가 기병 연대가 주둔한 뮐랭에서 가수로 활동했다. 뮐랭의 '뮤직홀'에서 '마스코트'로 사랑을 받던 샤넬은 섬유공장을 경영하는 부자의 정부情婦로 사치스러운 부르주아 세계에 들어섰다. 하지만 "자신이 직접 흘린 땀으로 돈을 벌어야 한다"라는 샤넬 집안의 신조에 따라 자립을 꾀했다.

1909년 봄, 파리에서 가내 수공업으로 모자를 만들며 수완을 드러냈다. 곧 여성 패션 전반으로 사업을 확장했다. 샤넬은 "쉬는 것보다 나를 더 피곤하게 만드는 것은 없다"라고 고백했다. 샤넬은 옷만 만든 게 아니라 여성의 삶, 여성의 꿈 자체를 디자인했다. 늘 창의적인 아이디어가 넘쳤던 샤넬은 20세기 여성 패션과 스타일을 바꾼 최고의 혁신가였다.

여든 살을 넘긴 어느 해 가을, 샤넬은 공원의 숲을 산책했다. 낙엽 더미에서 너도밤나무의 단풍 든 이파리 서너 개를 들고 "이게 바로 내가 찾던 색깔이에요"라고 외쳤다. 다음날 옷감 제조업자에게 그걸 건네며 똑같은 색깔로 천을 만들어달라고 부탁했다. 샤넬은 평생 독신으로 살며 죽는 날까지 열정으로 꿈을 빚는 일을 멈추지 않았다.

클라라 슈만과
피아노

한 사물이 한 사람의 취향과 신체 감각, 감정과 기질을 지배할 때 그것은 우정과 친밀감을 넘어서서 운명 그 자체로 변한다. 사물은 종종 운명의 창안자 노릇을 한다. 클라라 슈만(1819~1896)이 독일 라이프치히에서 가장 유명한 피아노 교사이자 피아노 판매상의 만딸로 태어난 순간 운명은 이미 정해진 것이나 마찬가지였다.

클라라는 정신질환에 시달리다 죽은 비운의 작곡가 로베르트 슈만(1810~1856)의 아내로 세상에 더 많이 알려졌지만, 본디 세상을 쥐락펴락하는 피아노 연주자였다. 다섯 살 때부터 피아노 교습을 받고, 관현악법과 대위법, 작곡 이론 등을 배웠다. 클라라는 9세 때 피아노 연주가로 데뷔하며 단박에 라이프치히의 피아노 신동으로 떠올랐다.

슈만이 아버지의 문하생으로 들어왔을 때 클라라는 11세, 슈만은 20세였다. 두 사람은 나중에 연인이 되었다. 딸에 대한 애착이 컸던 아버지는 둘의 결혼에 반대했다. 두 사람은 결혼 허가를 요구하는 소송 끝에 결혼을 할 수 있었다. 클라라는 21세, 슈만은 30세였다. 유명한 피아노 연주자와 무명 음악가의 결합은 세간의 주목을 끌었다.

결혼으로 얻은 행복은 짧고 불행의 시간은 길었다. 클라라는 1년 중 열 달이나 피아노 연주 여행을 다녔다. 결혼하고 자녀 여섯을 얻었지만 아이들이 먼저 세상을 떴다. 절망한 클라라는 "인간은 흡사 자식들을 매장하기 위해 오래 사는 것만 같다"라고 일기에 적었다. 슈만은 조울증을 겪고 자살 기도를 하며 정신병원을 들락거렸다.

클라라는 남편의 병원비와 생활비를 버느라 연주 활동을 그만두지 못했다. 잇단 불행에도 내면이 단단해진 클라라지만 서서히 지쳐갔다. 슈만이 죽은 뒤 14세 연하인 청년 브람스의 구애를 받았으나 물리쳤다. 불행으로 고갈된 삶의 구원자는 피아노밖에 없었다. 클라라는 1896년 77세 때 고별 연주 무대를 마치고 피아노와도 조용히 이별했다.

폴 고갱과
비소

1898년 12월, 프랑스령인 남태평양의 타히티섬에서 한 사내가 비소砒素를 삼켰다. 이 자살 기도는 불행의 중력을 이기지 못한 삶이 난파당한 증거였다. 그는 자살에 실패하고도 5년을 더 불행을 견디며 살았다. 주식중개인의 삶을 던져버리고 돌연 화가로 직업을 바꾼 폴 고갱(1848~1903)의 이야기다.

1873년 11월, 고갱은 덴마크 코펜하겐 출신으로 파리에 와 있던 메테 소피 가트를 만나 결혼했다. 고갱은 25세, 메테는 23세. 둘은 24년간 법적인 부부로 살며 자녀를 다섯이나 두었으나 12년 동안은 별거 상태였다. 1883년에 고갱이 직장을 그만두고 그림을 그리겠다고 선언하면서 부부 관계는 냉각되었다.

아내는 자녀를 데리고 코펜하겐으로 돌아갔다. 중산층으로 안락하게 살던 고갱은 캔버스 영업사원을 하며 그림을 그렸다. 살롱전에 입선하고, 인상파 전시회에도 그림을 출품했지만 수입은 전무했다. 때마침 주식시장이 붕괴되어 예전 직장으로 돌아가지도 못했다. 누이가 사는 파나마에서 일자리를 구하지만 곧 정리해고를 당해 빈털터리로 돌아왔다.

동료 화가 고흐와 공동생활을 꾸렸다. 이마저도 여의치 않자 1891년 4월, 고갱은 타히티로 들어가 원주민과 어울려 살며 그림에 몰두했다. 1894년 2월에 고갱은 숙부 유산을 받아 파리에서 아틀리에를 얻고 자바 출신 여자와 동거하며 잠시나마 불행과 황음荒淫에서 벗어났다. 동거하던 여자가 열 달 뒤 고갱의 전 재산을 털어 사라졌다.

1895년, 다시 타히티로 들어갔다. 생활고와 빚 독촉에 시달렸다. 매독과 피부병, 알코올 중독도 겹쳤다. "나는 미개인이다. 문명은 한눈에 그 사실을 알아챈다." 타히티의 원시적 삶에 동화된 고갱은 죽을 때까지 열대 낙원과 관능적인 원주민 여성을 강렬한 색채로 그려내며 독자적인 화풍을 창조했다.

장욱진의
파이프와 검정 고무신

평생 까치, 제비, 소, 강아지, 집, 동산, 아이, 나무, 달, 가족 등을 즐겨 그렸다. 작은 캔버스에 생략을 극대화한 대상들을 '심플하게' 그렸다. 그릴 때는 식음을 전폐했다. 도를 닦는 무서운 집중의 시간이었다. 그는 애써 무위無爲를 좇는 도인道人이었다. 무심한 붓놀림은 그저 무위의 자취를 남겼을 따름이다.

장욱진(1917~1990)은 9세 때 '전국소학미전'에 입상하고, 경성제2고보(지금의 경복고)에 들어가며 그림에 눈을 떴다. 높이뛰기와 기계체조 선수로도 활동했다. 고교 3학년 때 일본인 교사의 부당함에 맞서 싸우다 퇴학을 당해 한동안 빈둥거렸다. 체육특기생으로 양정고보에 편입해 졸업하고, 23세 때 도쿄 제국미술학교(지금의 무사시노미술대학)로 유학을 떠났다.

자주 "나는 한평생 그림 그린 죄밖에 없다"라고 말했다. 30대 후반 서울대학교 미술대학의 교수로 임용되지만 일찍이 교수직을 내려놓았다. 그림에만 몰두하기 위해서. 경기도 덕소의 강가에 화실을 마련해 혼자 밥을 끓이고 고독을 벗삼아 그림을 그렸다. 예순 무렵 덕소 생활을 청산하고 서울로 올라왔다.

서울을 떠나 수안보에 담배 농사를 짓는 농가를 화실로 개조해서 쓰기 시작한 것은 1980년, 62세 때였다. 한 칸짜리 방은 내실, 담배 말리던 토방을 화실로 고쳐 썼다. 새벽에 일어나 그림을 그렸다. 오후에는 아끼는 파이프를 물고 검정 고무신을 신은 채 5리쯤 걸어서 온천을 다녀왔다. 그림도, 삶도 다 유유자적했다.

1990년 12월 27일, 작은 방에서 양 무릎을 세우고 쪼그린 채 그림을 그리던 화가는 점심 식사를 마친 뒤 눈을 감았다. "산다는 것은 소모한다는 것, 내 몸과 마음과 모든 것을 죽는 날까지 그림을 위해 다 써버려야겠다. 남는 시간은 술로 휴식하면서." 늘 말과 삶이 하나였던 장욱진은 평생 그린 500여 점의 유화를 남기고 떠났다.

이미륵과
카메라

1950년 3월 24일 이른 봄날, 독일 뮌헨의 공동묘지에서 장례식이 있었다. 무덤가에 조화가 병풍처럼 둘러쳐져 있고, 꽃향기에 몰려든 벌들이 잉잉거렸다. 동아시아의 낯선 나라에서 망명한 남자, 철학자이자 작가, 한문과 서예의 스승이자 친구였던 이의 죽음을 애도하는 독일인 200여 명이 모여 장례식을 치렀다.

이미륵(1899~1950)은 뮌헨대학에서 한국학과 동양철학을 강의하고, 독일어로 장편 『압록강은 흐른다』를 썼다. 1944년 7월 24일, 뮌헨의 피퍼 출판사와 1000마르크를 받고 출판계약을 맺었다. 1946년에 나온 이 소박하고 우아한 독일어 소설에 독자들이 열광했다. 독일에서만 55건이 넘게 서평이 쏟아지고, 소설의 일부는 독일 중고등학교 교과서에 실렸다.

독일에서 첫 '한류' 주인공은 재독작가 이미륵이다. 그는 경성 의학전문(지금의 서울대 의대) 3학년 때 3·1운동에 가담했다. 일본 경찰의 수배를 받자 상하이로 도피했다. 1920년 중국 여권으로 프랑스 여객선을 타고 독일로 갔다. 뮌헨대학에서 자연과학을 전공해 박사학위를 받았다. 신문에 한국 민담이나 이야기를 기고해서 받은 원고료가 수입의 전부였다.

그는 빈대가 끓는 방에서 빈곤한 살림을 꾸렸지만 비싼 카메라를 갖고 있었다. 사진을 찍고 현상을 해서 친구들에게 주는 걸 아주 좋아했다. 1930년대 말 어느 날, 독일군의 시가행진 광경을 찍다가 비밀경찰에 체포되어 조사를 받았다. 그는 몇 시간 동안 독일어를 못 알아듣는 양 묵묵부답했다. '저 녀석 바보인가봐, 그냥 내보내줘!'라며 풀어주었다.

이미륵은 경찰의 감시를 받으며 고단한 망명 생활을 이어갔다. 생활고, 질병, 고독, 향수병도 심각했다. "저녁이 되어 어둑어둑해지면 어딘가에 앉아 내 생애와 세상사, 내 질병과 현재 생활, 즉 상처받고 파손된 인생의 의미, 소실되어버린 내 유년 시절에 대해 생각해보고 있어." 그는 고향을 그리워했지만 돌아오지 못하고 이국의 공동묘지에 묻혀 잠들었다.

엘리엇과
프랑스 담배

스무 살 무렵, T. S. 엘리엇(1888~1965)의 「프루프록의 사랑 노래」를 정말 좋아했다. 혼자 영어 문법을 익히던 시절, 이 장시長詩를 통째로 외웠다. 청년 엘리엇은 미국에서 옥스퍼드대학으로 유학 가서 베르그송과 버트런드 러셀의 철학 강의를 듣고, 대영박물관 독서실을 드나들며 책을 읽었다. 이 무렵 시인 에즈라 파운드를 만나 친해졌다.

그는 12세 때 키플링의 시구를 암송하고, 학교 수업에서 밀턴과 브라우닝을 접했다. 14세 때 번역 시집 『루바이야트』를 읽고 압도되었다. 세계가 일순 '찬란하고 향기로운, 그러나 고통스러운 빛깔'로 채색되는 듯한 느낌에 빠졌다. 이것이 그를 시로 이끄는 '악마적인 홀림'이었다.

그는 아무 일탈 경험도 없이 '훈육과 공부, 독서와 글쓰기'로 채워진 청소년기를 보냈다. 하버드대학 시절에는 '한량', '공부벌레', 박학다식으로 유명했다. 파리와 런던에 머물 때, 그는 프랑스 담배에 빠졌다. 프랑스 담배만을 고집하는 애연 습관은 1965년 1월 4일, 그가 런던 자택에서 눈을 감을 때까지 이어졌다.

엘리엇은 교사와 자유 기고가를 거쳐 29세 때 로이드 은행에 입사했다. 로이드 은행에서 일하는 동안에도 『황무지』 같은 문제작을 잇달아 냈다. 시에서 제 목소리를 감추고, 페르소나를 내세워 목소리를 내게 했다. 감정을 노출하는 낭만주의를 멀리하여 "시는 정서로부터의 도피이고 개성으로부터의 도피"라며 고전주의로 기울었다.

1927년, 엘리엇은 문학은 고전주의자, 정치는 왕당파, 종교는 앵글로 가톨릭 교도임을 천명하고 영국 귀화를 선택했다. 1948년 10월, 노벨문학상 수상 소식을 들었을 때 엘리엇은 "노벨상은 작가가 무덤으로 가는 길일 뿐이야. 노벨상을 받고 나서 변변한 작품을 발표한 작가를 한 명도 본 적이 없네"라고 짧게 소감을 밝혔다.

바츨라프 니진스키와
빵

시와 무용은 인류의 생존과 번영에 기여하는 바가 작은 활동에 속한다. 이 둘은 오직 몸의 도약과 정신의 아름다움을 위해서만 존재한다. 시와 무용은 쓸모가 없는 아름다움에 순교하기로 작정한 인간의 덧없는 몸짓에 지나지 않는다.

바츨라프 니진스키(1889~1950)의 양친은 러시아의 유명한 무용수였다. 아버지가 바람이 나서 가족을 버렸다. 어머니는 세 자식을 먹여 살리려고 푼돈을 받으며 서커스단 무대에 섰다. "우리에겐 빵이 없었다." 빵은 생물학적 생존의 최소 조건이다. 어린 니진스키는 굴욕을 견디는 어머니를 보며 오열했다. "나는 어렸을 때 이미 삶의 모든 것을 이해했다."

니진스키는 상트페테르부르크의 황실 무용학교에 들어갔다.

황실 전속 무용단에 입단해 〈지젤〉〈백조의 호수〉〈잠자는 숲속의 미녀〉 같은 무대에 서며 천부의 재능을 드러냈다. '무용의 경이'라는 찬사를 들었지만 신이 내린 재능은 평생 무용단 동료의 시기와 음해를 불러들이며 그를 괴롭힌 원인이었다.

니진스키는 디아길레프의 발레단에 들어갔다. 천재 무용수와 수완 좋은 제작자의 만남은 현대 무용사에 남을 만한 것이었다. 디아길레프의 러시아 발레단이 유럽 무대를 휩쓰는 동안 니진스키의 명성도 치솟았다. 돈과 명성에는 대가가 따르는 법. "디아길레프가 내 몸을 사랑하는 걸 허락했다." 어머니가 빵을 위해 굴욕을 감수했듯이 그 역시 동성애의 수모를 감수했다.

니진스키는 디아길레프를 떠나 발레단을 꾸렸으나 경영 미숙으로 실패했다. 끔찍한 세상에 강림한 '무용의 신'은 29세 때 정신병 발작을 일으키며 바닥으로 추락했다. 30년 동안 여러 요양원을 전전했다. 영광은 짧고, 불행은 길었다. 1950년 4월 8일, 니진스키는 런던의 정신병원에서 긴 터널 같은 자폐의 삶을 끝냈다.

에곤 실레와
돈

1914년을 기점으로 세상은 크게 달라졌다. 첫 세계전쟁을 겪은 인류는 지금껏 겪지 못한 정신적 황폐와 상실의 세기와 마주쳤다. 청년 화가 에곤 실레(1890~1918)는 쇄골과 등뼈가 드러난 남성과 여성의 누드, 성애에 빠진 연인을 주로 그렸다. 22세 때 미성년자 누드화를 소지한 혐의로 체포되고, 100점이 넘는 외설적인 그림으로 기소돼 유죄 판결을 받았다.

그는 오스트리아 빈 근교 툴른에서 태어났다. 아버지는 툴른역 역장이고, 어머니는 체코인이었다. 매독과 정신착란에 시달리는 아버지를 어머니는 방치했다. "늘상 슬픔에 빠져 있던 고귀한 아버지"를 나 몰라라 하는 어머니를, 그는 용서하지 않았다. 어머니의 편협한 도덕률과 냉정함에 혐오감을 드러내면서 불행이 싹텄다.

두 살 때 색연필로 그림을 그렸다. 16세 때 빈 미술아카데미에 조기 입학했지만 3년 만에 중퇴하고, 빈 화단을 이끄는 구스타프 클림트를 만난 것은 행운이었다. 인체의 곡선미와 정교함이 두드러진 회화는 그의 멘토인 클림트의 영향이었다. 1909년 신예술가협회의 창립을 거들었고, 1911년경부터 표현주의의 화가로 높은 평가를 받았다.

그는 늘 곤궁한 살림을 꾸렸다. 아무리 몸부림쳐도 가난에서 벗어날 수가 없었다. "돈은 악마야!"라고 쓴 편지는 "빚에서 좀 벗어났다면 한결 살 만했을 텐데……"라는 탄식으로 끝났다. 어머니가 돈을 요구할 때마다 "저는 지금 가진 돈이 없어요. 저도 하루하루 살아가고 있어요"라고 답장을 썼다.

스페인 독감이 유럽 전역을 휩쓸며 2천만 명의 목숨을 앗아가던 때였다. 1918년 10월 말, 에곤 실레와 임신 여섯 달째인 아내가 스페인 독감에 걸려 부부가 앞서거니 뒤서거니 세상을 떴다. 세기의 비참과 불운으로 누더기가 된 에곤 실레의 삶은 28세로 끝났다. 요절이었다.

존 레논과
가죽점퍼, 검은 진, 검은 선글라스

영국의 4인조 보이밴드인 '비틀즈'의 등장은 전 세계 신드롬이었다. 비틀즈는 팝 음악을 넘어서서 한 세대가 공유한 철학, 이데올로기, 이슈였다. 청년 존 레논(1940~1980)은 "우리의 모든 노래는 전쟁을 반대한다"라고 선언했다. 비틀즈를 추억으로 소환할 수 있는 1960년대를 지나온 세대에겐 축복이고 영화榮華였으리라.

몽상가이자 아티스트, 히피와 청년문화를 이끈 반전 사상가인 레논에게서 비틀즈가 시작되었다. 레논은 영국 리버풀에서 나고 자랐다. 일찍이 이혼한 양친을 떠나 이모의 슬하에서 성장했다. 학교에선 반항아, 사회에선 비행소년으로 낙인찍혔지만, 오스카 와일드의 책과 딜런 토마스의 시집에 심취한 소년이었다.

미국 로큰롤에 빠진 10대 소년 레논은 가죽점퍼와 검은 진을 입고, 검은 선글라스를 즐겨 꼈다. 1957년 대학입시에서 낙방했다. 미술특기생으로 리버풀미술대학에 입학했고, 재혼 가정을 이룬 친모와 종종 만났다. 어쿠스틱 기타를 사준 것도 친모였다. 친모가 음주운전 차에 치여 숨지면서 그의 평화로운 인생도 끝났다.

1958년 폴 매카트니와 밴드를 결성했다. '레인보우즈', '문샤인스' 같은 이름을 거쳐 딱정벌레라는 뜻의 '비틀즈'로 활동했다. 한때는 독일 함부르크에서 선원과 노동자가 북적이는 클럽을 전전하며 연주하기도 했다. 섹스, 마약, 로큰롤에 취한 채 평일엔 4시간, 주말엔 6시간씩 클럽 무대에 섰다.

존 레논, 폴 매카트니, 조지 해리슨, 링고 스타가 비틀즈로 활동한 것은 10년을 넘지 않는다. 1970년 비틀즈가 해체되고, 마지막 앨범 〈렛잇비〉가 나왔다. 1980년 12월 8일 밤, 뉴욕의 자택 앞에서 레논은 마크 채프먼이라는 청년의 총에 맞아 절명했다. 비틀즈의 시대가 끝나고, 농담 같은 세기말이 저멀리에서 먹구름처럼 다가오고 있었다.

밥 딜런과
할리 데이비슨

밥 딜런(1941~)이 2016년 10월, 노벨문학상을 받자 세계가 놀랐다. "얼마나 먼 길을 걸어야/인간은 사람이라 불리는 걸까?/흰 비둘기는 얼마나 많은 바다를 날아야/모래 속에서 잠들 수 있을까?"라는 노래를 음미하며 듣는다면, 그가 휘트먼에서 앨런 긴즈버그로 이어지는 미국 현대시의 위대한 계보에 속한다는 것을 느낄 수 있다.

그는 미국 미네소타주의 부유한 유대인 가정에서 태어났다. 본명은 로버트 앨런 짐머맨이다. 음악에 눈을 뜬 건 열 살 무렵. 레코드 플레이어가 달린 라디오로 심야방송을 들으며 블루스의 세계에 빠졌다. 고등학교 시절 로큰롤, 흑인음악, 제임스 딘의 영화에 심취했다.

그는 질풍노도의 시기에 컨버터블 자동차나 대형 모터사이클인 할리 데이비슨을 몰고 질주하다 종종 사고를 일으켰다. 그는 말썽쟁이 '로큰롤 보이'이면서 동시에 아무도 못 말리는 독서광이었다. 잭 케루악의 소설을 읽고 시를 썼다. "자주 시를 썼다. 시인이 되면 먹고살 길이 막막해지기 때문에 근심스러웠다." 그 무렵 생애 첫 밴드 '조커스'를 결성해 연주를 했다.

1959년 10월경 작은 무대에서 노래할 때 주인이 이름을 묻자 '밥 딜런'이라고 했다. 영국 시인 딜런 토마스에서 가져온 이름이다. 1961년 1월, 기타와 슈트 케이스만을 달랑 들고 히치하이크를 하며 미네소타주를 떠났다. 북미 대륙을 누비며 연주를 하면서 뉴욕 그리니치에 도착했다.

21세 때 첫 앨범 〈밥 딜런〉을 낸 뒤로 미국 대중음악사의 가장 중요한 페이지를 써나갔다. 1963년 여름에서 1964년 봄까지 시, 산문, 희곡 작품을 쓰고, 1971년에는 첫 소설 『타란툴라』를 펴냈다. 록의 영혼, 보헤미안, 노래하는 철학자, 위대한 시인으로 평가받는 밥 딜런은 지금도 연주를 하고 노래를 부른다

사물의 시학

"물건들이 쉬지 않고 세상으로 계속 나온다."

—에드먼드 드 발Edmund de Waal, 『화이트 로드The White Road』

사람, 자연, 사물은 물질계를 이루는 중요한 세 개의 축이다. 사람과 자연의 관계를 숙고하며 철학적 사유를 펼친 철학자는 많으나 사물을 철학의 대상으로 사유한 철학자는 드물다. 사물은 무생물이고 인공적인 것이며, 너무 흔한 탓일까? 사물이 덜 중요하고 형이상학적 탐구의 대상이 될 수 없다는 생각 때문일 테다. 사물은 사람의 욕망과 주체의 필요에 부응하여 끊임없이 세상으로 나오고 그 용도가 끝나면 사라진다. 일회용 종이컵이나 플라스틱 용기는 대량생산과 대량소비의 사이클 속에서 얼마나 많이 제조

되고 또 쉽게 버려지는가! 사람이 그렇듯이 사물 역시 항구적인 실재가 아니다. 사물은 용도를 다한 뒤 재활용되거나 쓰레기로 분류되어 소각된다. 사람은 죽은 뒤 화장되거나 땅에 묻혀서 원자로 분해되어 형체 없이 사라진다. 이렇듯 사람이나 사물은 시간이라는 유한자원을 다 소모하면 사라지는 게 필연의 운명이다.

하찮은 사물은 그 자체로는 아무 의지나 목적 지향성을 갖지 않는 듯 보인다. 나 역시 사물이 의지의 주체라거나 숭고함의 기원이라고 생각해본 적은 없다. 사물은 사람의 필요에 부응하는 부차적이면서 소모하는 물건일 따름이다. 이것을 고안하고 제작한 사람의 욕망과 의지, 감수성과 취향을 넘어서서 사물이 저만의 존재성을 드러내며 솟구치는 사태는 거의 일어나지 않는다. 이것이 사물의 전부인가? 사물에 대해서 우리가 아는 바는 제한적이다. 사물은 심연을 품은 탓에 사물을 잘 안다는 생각, 혹은 그것과 잘 소통할 수 있다는 생각은 사람의 일방적인 착각이다. 자기 생각이나 의지를 갖지 못한 객체에 지나지 않는 한에서 사물은 그저 사물일 따름이다. 그러니 살아 있지도 않고, 의식도 없는 이것과 소통하려는 시도는 정신 나간 짓으로 여겨질 것이다. 우리는 사물을 그 외관, 표면 질감, 기능에서만 보는 관습에 길들여진 탓에 이것과 교감하거나 소통하려고 하지 않는다. 사물은 사람의 필요와, 혹은 가짜 욕망에 부응하면서 끝없이 증식한다. 자칫하면 사물의 과잉이 우리 시간을, 우리 생의 중요한 계기를 집어삼킬 수도 있다. 우리 생활공간에서 증가하는 사물의 영향력이 사용자를 압도

할 때 이것은 우리 욕망과 심리의 지배자처럼 보일 수도 있다. 하지만 일, 삶, 도구-사물이 하나의 목적성 안에서 움직인다는 점에서 사물은 우리 삶의 중요한 동반자이자 공모자다. 도구-사물 없이는 삶을 수행하는 게 거의 불가능하건만 사물을 천시하고 무관심으로 대하는 태도가 사람들 사이에 널리 퍼져 있다.

사물이란 무엇인가, 라고 사물의 정체성을 묻는 것은 필요하다. 사물의 본질과 정체를 인지하지 못한 채 진지한 삶은 아예 불가능할 수도 있다. 우리 삶은 사물의 가장자리와 맞닿아 있고, 많은 일들이 사물과의 협업을 통해 이루어지는 까닭이다. 사물은 자명한 것이지만 막상 그 실재의 의미를 규정하려고 할 때 모호해진다. 사물의 범주가 드넓은 까닭이다. 사물과 사물 아닌 것, 즉 살아 있는 유기체와 인간 노동의 산물인 제품 사이의 경계는 모호하고 흐릿하다. 사물은 사람이 만든 물건이다. 이를테면 그릇, 접시, 스푼, 포크, 컵, 식기세척기, 전기밥통, 냉장고, 가스레인지, 거울, 안경, 망원경, 현미경, 책상, 의자, 침대, 담요, 이불, 책, 연필, 만년필, 라디오, 텔레비전, 전화기, 자전거, 자동차, 형광등, 면도기, 컴퓨터, 신발, 신문, 사진, 벽돌, 치약, 칫솔, 비누, 옷, 모자, 초, 담배, 선글라스, 스케이트, 서핑보드, 기타, 드럼, 피아노, 칼, 총, 삽, 쟁기, 펜치, 망치, 돌, 장난감, 유모차, 젖병, 구슬……. 사물의 범주는 우리 자아의 밖 거의 모든 것을 포괄할 만큼 넓고 넓다. 우리는 사물의 우주 속에서 산다고 말할 수 있다. 우리는 컵으로 물 따위를 따라 마시고, 주방에서 각종 조리도구로 만든 음식을 포크로 먹으며, 침대 위에 눕고 자고, 의자나 소파에서 노동으로 지친 몸을 쉰다. 그리고 우산에서 자동차에 이르기까지 사물의 다양한 용도에 기대어 생활의 편의, 안락과 오락을 구한다.

사물은 인공적인 것과 자연적인 것 두 종류로 나뉜다. 인공적인 것은 크든 작든 간에 우리의 필요와 욕망을 반영한다. 비를 피하기 위해 우산을 쓰고, 이동할 때 자동차를 이용한다. 자연물은 다르다. 사람이 자연물을 제 필요와 욕망에 따라 쓸 수는 있지만 이것이 반드시 인간의 필요와 욕망에 부응한다고 말할 수는 없다. 여기 돌이 있다고 상상해보자. 돌은 무정물이고 거의 쓸모가 없다. 이것이 삶에 관여하는 정도는 미미하다. 자연이 만든 가면을 쓰고 무심히 존재하는 돌은 흔한 것들 중 하나다. 돌의 표면은 단단하거나 매끈하며 울퉁불퉁하다. 이 무생물은 우리에게 애정을 갈구하지도 않으며, 우리 감정 따위에는 무심하게 있을 따름이다. 바닷가에서 주운 돌을 손으로 감싸쥔 경험이 있는가? 돌은 우리 욕망과 필요의 범주 밖에서 의연하다. 우리 손에 분포된 신경섬유 1만 7천 개가 돌의 표면에서 단박에 거친 촉감과 경도硬度를 읽어낼 것이다.

사람이 만든 도구-사물은 한마디로 육체의 확장이고, 욕망의 외시外示다. 볼 수 있는 것은 물론이고 볼 수 없는 것까지 꿰뚫어 그 본질을 투시한 남미의 위대한 시인 보르헤스의 논리에 따르면 현미경과 망원경은 보는 것의 확장이고, 쟁기와 칼은 땅을 갈아엎고 끊고 깎는 손의 확장이며, 자동차는 이동 능력과 속도의 확장일 테다. 사물, 이 도구-물건을 손으로 쥐고 발로 움직이며 쓸 때 사물은 우리 근육, 힘줄, 관절의 확장이요 연장이다. 사물을 구성하는 것은 물질이고, 늘 가까운 곳에 두고 써왔기 때문에 이것의 감촉이나 무게는 낯설지 않다. 우리가 사물과 더불어 감각의 경험을 쌓고, 이것에 기대어 편리와 안락감을 얻으며, '체화된 주체'로 살아갈 때 사물은 우리 신체의 일부로 편입해 기능을 보완한다.

대체로 형태가 견고하고, 기능의 단순성에 충직한 사물의 수명은 사람보다 더 길다. 그러나 대개의 사물들은 제 쓸모를 다한 뒤 아무 미련도 없이 버려진다. 철저하게 피동성에 굴복하는 사물이 이 폐기의 운명을 피할 수는 없다. 단 한 번 쓰인 뒤 쓰레기통으로 사라지는 물건은 무無에서 나와 무로 돌아가는 짧고 덧없는 것의 운명을 보여준다. 사물은 우리 신체의 역량과 가능성을 확장하는 한에서 삶에 관여하면서, 우리의 움직임과 욕망을 제약하고 통제하는 방식으로 관계를 맺는다. 사물은 "의지의 표현, 힘의 확대, 작동의 아름다움"의 측면에서 우리 삶에 관여하고 풍부하게 만드는 바가 있다. 사물은 우리에게 협업의 가능성을 약속한다. 사물은 사람과 이런저런 협업을 하면서 사람으로 하여금 "능력, 힘, 용량을 늘리거나 한계를 초월"하도록 조력을 베푼다.(루스 퀘벨,『사물의 약속』, 손성화 옮김, 올댓북스, 2018, 162~164쪽) 우리의 능력이 미치지 않는 부분을 채우고 결핍을 보완하는 사물에 기대어 일상 활동을 수행하고, 중요한 프로젝트를 꾸린다. 우리를 둘러싼 수많은 사물의 조력이 없다면 우리 삶은 분명 원시시대의 상태로 퇴행할 테다. 사람이 세상의 모든 사물을 제 마음대로 쓸 수 있는 것은 아니다. 우리 삶은 사물의 "수적 팽창, 수명, 내구성, 조직력, 다양성", 그리고 "양, 상태, 가격, 형태, 기능"(로제 폴 드루아, 『사물들과 함께 하는 51가지 철학 체험』, 이나무 옮김, 이숲, 2014, 175쪽)의 제약 속에서 이루어진다. 욕망과 일들, 여가와 일상생활 대부분은 사물의 도구적 연관 속에서 빚어진다고 말해야 한다. 그러니 우리를 둘러싼 사물 세계에 대한 고찰 없이 감히 삶의 신비와 그 깊이를 안다고 말할 수는 없다. 그런데 우리를 둘러싸고 북적거리는 이것과 교감하며 대화를 시도하는 사람들이 있다. 인간 종種에서 매우 특별한 존재인데, 바로 시인들이다. 사물에서 찰나의 덧없음과 영원성의 역사를 동시에 엿보는 시인은 사물과 정서적으로 감응하며 말을 나눈다. 자, 시인이 사물에 어떻게 감응하고, 말을 건네는가를 살펴보자.

책상은 살아 있다.
내 책상은 살아 있다.
마음의 그림자들 거기 붐비면서
제 이름을 얻고 또 잃는데,
어떻든 그 획득과 상실의 흐름은,
동시에 얻으며 잃는 그 흐름은,
맞춤 숨결이자 운동이니,

책상 위에 움직이는 그림자들

그 명암의 전음역全音域이여,

책상이 둥지인 듯

부화孵化 중인 꿈이며,

또한 좋지 않은가

때로 정신은 경이에 꽂혀

풍부함에 겨워 날아오르기도 하느니,

경이에 꽂혀 그 풍부함으로 날아오르기도 하느니……

—정현종, 「책상은 살아 있다」 전문(『그림자에 불타다』, 문학과지성사, 2015, 91쪽)

이 시에서 초점 사물은 책상이다. 책상은 네 개의 다리를 갖고 공간 안에서 어떤 자세를 유지한다. 책상은 지면보다 높은 곳에 세운 평면이다. 이것은 생각을 떠받치는 도구로 사용자의 자세를 제약하고 규정한다. 책상은 감각이나 인지 능력이 없는 무생물이지만, 이 딱딱한 것은 사용자와 정서적으로 유착 관계를 이루면서 말랑말랑한 생명을 얻는다. 책상의 기원은 나무다. 평평한 판자를 떠받치는 네 개의 다리를 가진 책상은 "획득과 상실의 흐름" 속에 있는데, 사실 이것은 주체의 리듬과 운동성에 겹쳐진다. 획득과 상실의 흐름은 그 연속성 안에서 이루어지는 "숨결이자 운동"이다. 책상 앞에 앉은 자들은 암중모색하며 세계의 모호함과 싸운다. 우리가 책상에서 무엇인가를 도모할 때 그림자들이 어른거린다. 마음의 그림자들이 붐비는 한에서 책상은 우리의 삶을 확장하는 생명 운동의 리듬을 산출한다. 시인이 "명암의 전음역全音域"이라고 말한 상태일 때 책상은 꿈이 부화하는 둥지로 탈바꿈한다. 몽상의 불꽃이 지펴지고, 상상력이 공작 날개처럼 펼쳐질 때 책상은 돌연 정신의 경이가 일어나는 현장으로 바뀐다. 책상은 살아 있다! 이것은 사용자의 경험 속에서 자유를 확장하고 우리의 몽상과 도약에의 의지를 부화시켜 날아오르게 한다.

　의자가 만든 허공에서
　태어나는 것이 있습니다. 등의 구조, 두개골의 위치, 늘어뜨린 여름의 팔로부터
　겨울의 다리에 도달하는 곡선.
　이것은 머리끝에서 발끝까지의 명령입니다. 자기 자신에게서 멀어지기 위해 일어서다가
　목뼈가 무너지자
　순식간에 자신으로 돌아오는,

　의자의 계획을 이해한 뒤에도
　다시 무엇이 되어 의자에 앉는 것이 있습니다.
　의자는 의자의 지구력을 믿는 듯하지만
　한 마리의 새가 심장과 폐를 지나서 날아가는 아침도 있습니다. 마음속에 긴 겨울을 켜고

서성거리는 이유를 만들고

이윽고 다른 계절에 도착하는

가득하면서도 텅 빈 그것을 의자에 쌓아놓기로 합니다. 구름
조차 앉을 수 없도록. 막 변하려는 그것을.

먼 후일로부터 지금 이 순간을 향해

서서히 도착하는 것의 자리에.

의자에 오래 앉아 있는 그것.

불현듯 일어서는 그것.

척추의 생각,

관절의 의문,

목뼈의 결정,

그 모두가 일제히

그것이 되어

—이장욱, 「의자」 전문(『생년월일』, 창비, 2011, 66~67쪽)

의자는 문명화된 생활공간에서 가장 흔한 사물 중 하나일 테
다. 문명 세계에 사는 이들은 평생 여러 형태와 기능을 가진 의자
를 사용한다. 물건과 사용자 사이의 거리는 멀지 않다. 우리 몸과
사물은 최대한 거리를 밀착시키면서 친밀감을 나눈다. 의자가 육
체성의 이완을 이끌며 사생활의 총아寵兒로 등장한 것은 현대에

들어오면서 일어난 사태다. 의자의 형태는 주체가 원하는 기능과 미적인 욕구에 의해 결정된다. 사람은 의자를 제작하고 그것 안에 깃든다. 사람은 의자에 앉아 일을 하거나, 책을 읽거나, 식사를 한다. 우리의 꿈이나 욕망은 사물-도구의 존재 방식에 의해 제약되고 확장될 뿐만 아니라, 재배열되어 조정된다고 할 수 있다. 의자의 구조는 사용자의 신체 구조에 맞춰진다. "등의 구조, 두개골의 위치, 늘어뜨린 여름의 팔"이 놓이는 방식이 의자의 형태와 구조를 결정한다. 의자의 구조에 의해 사람은 새롭게 빚어진다. 사람이 사물[의자]의 구조와 형태를 결정하는 것이 아니라 사물[의자]이 우리의 자세를 결정하고 명령한다. 우리는 "의자의 계획을 이해한 뒤" 비로소 "다시 무엇이 되어 의자에 앉는" 것이다. "척추의 생각,/관절의 의문,/목뼈의 결정"은 의자에 의해 구조화된 그 무엇이다. 의자에 앉는 자는 의자 속에서 다른 존재로 새롭게 태어난다고 말할 수 있다.

바람을 데리고 개울가 돌밭을 걷다가 참한 돌멩이 하나를 주워다 머리맡을 맡겼더니 밤새 개울 소리를 내며 울더라고

늙은 색골色骨처럼 울더라고

주워 가슴에 올려놓으니

골골 잠이 든다

채식菜食처럼 동이 트고

밤이 나가고

나는 조그만 죄 하나를 녹인다

—장석남, 「우는 돌」 전문(『꽃 밟을 일을 근심하다』, 창비, 2017, 58쪽)

　누군가는 세월의 풍화를 견디며 마모되고 존재의 영도零度에서 돌연 자취를 감추는 사물, 강가나 산에서 우연히 만난 돌 같은 것에서 영감을 얻는다. 풍화 단계에 놓인 이것에서 존재의 생성과 소멸을, 혹은 삶의 형태에 관한 영감을 찾을 수도 있다. 돌에 매혹된다면 탐석가라고 할 수 있겠다. 그는 돌에 의미와 상징을 부여하고 그 이면의 가치를 끌어낸다. 돌은 느낌의 집적체이고, 당연히 탐미의 대상이다. 탐석가는 단단하게 굳어진 이것, 표면이 거칠거나 매끄러운 이것을 쥐고 들여다보며 심미적 관조의 대상으로 삼는다. 시인이 개울가에서 데려온 돌을 머리맡에 놓고 관찰하는데, 이 무심한 사물은 주체의 마음으로 쑥 하고 들어온다. 이 순간 돌은 자연사의 비문碑文을 보여주는 의미 있는 객체로 변한다. 그저 감촉과 무게만을 가진 돌이, 주체의 욕구나 감정에 무심한 이 사물이 더이상 무뚝뚝한 무정물에 머물지 않는다. 시인은 비바람의 긴 행장行狀을 보여주는 돌과 교감하며 "늙은 색골色骨"을 끌어낸다. 이 투시력, 상상력의 비약은 놀랍지 않은가? 돌은 소리를 내며 울다가 잠이 든다. 돌은 시인에게 사색의 친구, 감정의 지속적 관여자라는 위상을 얻어낸다. "나는 가장 단단한 돌을 골라 나를 새기려 해"(「불멸」)라는 구절은 시인이 돌에게 자기 마음과 욕망을 투사하고 있음을 보여준다. 돌은 아름답거나 유용하지 않더라도 세월 속에서 굳어진 불멸에 대한 체화된 지각을 만들고, 늘 사소한 것에 영향을 받는 감정을 안정시키기도 할 것이다. 돌은 그것을 보는 자, 관조하는 자에게 세상에 없는 상징과 은유를 열어 보인다.

사물은 언제 시적 대상이 될 수 있는가? 항구적인 실재가 아닌 이것은 언젠가는 사라지는 것들의 세계에 속한다. 사물이 증가하는 속도가 사라지는 속도보다 훨씬 빠르다. 우리는 넘쳐나는 사물들에 둘러싸인다. 늘어나는 사물 속에서, 사물과 사물 사이에서, 사라진 것과 남겨진 사물들로 이루어진 환경 속에서 삶의 연쇄와 더불어 새로운 삶의 배열이 만들어진다. 사물은 언제나 우리 욕구나 관심에 무심하지만 사물 환경은 부정할 수 없는 삶의 기초적 토대다. 사람은 사물을 눈으로 탐색하고 손으로 어루만진다. 이것은 사물의 고유한 실재성이 늘 인식의 대상이기 때문이다. 자아 바깥의 대상을 인식한다는 것은 대상을 집어삼켜 현존재의 일부로 편입시키는 행위다. 대상을 삼켜 일체화를 꾀하는 찰나란 곧 외부를 향해 자기 안을 열어젖히는 파열의 체험이다. 대상에 의한 그 파열로 인해 내면 자아는 저 너머의 외부로 날아간다. 이것을 사르트르는 "이미 잘 소화된 친근함으로부터 자아를 떨어뜨려 현재의 자아를 초월한 외부로 날아가는 것"(사라 베이크웰, 『살구 칵테일을 마시는 철학자들』, 조영 옮김, 이론과실천, 78쪽에서 재인용)이라고 말한다.

프랑스 출신의 시인 프랑시스 퐁주(1899~1988)는 양초, 굴, 비누, 담배, 빵, 과일 상자, 물, 나비, 달팽이, 고기 덩어리 같은 사물을 집요하게 들여다보며 그것이 스스로 침묵을 깨고 드러내는 찰나를 시로 빚은 것으로 유명하다. 「조약돌」은 꽤 긴 산문시인데, 이 시는 왜 그를 '사물의 시학'의 창시자라고 말하는지를 알게 해준다. "조약돌은 정의하기에 쉬운 사물이 아니다." 퐁주의 긴 산문시는 "노아의 홍수 이전까지 거슬러"올라가 그 기원과 탄생을 더듬고, 오늘의 존재 양태를 묘사한다. '조약돌'은 "엄청나게 큰 하나의 선조로부터 분열되어" 나와 현재는 하찮은 사물로 뒹군다. 이런 사태는 어떻게 가능했을까? "그토록 영광스럽고 뜨겁던 자연 밖으로의 생명의 축출이 드라마틱한 내적 전복"이 있었기 때문이다. 시인은 조약돌에서 "죽어버린 영웅과 혼돈스런 지구"가 뒤섞여 있음을 본다. 작고 하찮은 사물일지라도 이것은 지구의 기원과 역사를 증언한다. "세계만한 크기의 존재의 조각난 시체는 그보다 무한히 더 작고 더 덧없는 수없이 많은 존재들의" 양태로 존재하는 이것, 더 큰 것에서 떨어져 나와 뒹구는 이것은 "냉각의 느린 재앙 이래로 역사는 영속적인 붕괴의 역사에 불과하다"라는 사실과 더불어 "위대함은 죽어버렸고, 생명은 위대함과는 전연 상관없다"라는 사실을 증언한다. 돌은 "지속과 무감동"의 사물이라는 일반적인 의견과는 달리 스스로 생명을 도모하는 활동을 그친 채 "끊임없이 죽어가는 유일한 사물"의 운명에 귀속한다. 조약돌은 무심히 존재하며 "풍화에 동참"하고, "폐허로 변할 것"이다. 그뿐 아니라 "조약돌, 자갈, 모래, 먼지의 돌의 마지막 상태에서, 돌은 용기의 역할, 생명이 있는 사물들의 지주 역할"의 불가능성에 이른다. 마침내 "돌은 구르고, 나르고, 지면에 자신의 자리를 요구하고, 이생 동안 절망의 광란이 그를 흩었다가 다시 모으는 넓은 언덕"에서 멀어져간다. 사물의 발견자이자 발명자인 시인은 어떤 불가능성과 광란을 견디며 자연의 풍화에 동참해온 '조약돌'에서 그 기원과 태초에서 현재에 이르는 영욕榮辱의 역사를 한꺼번에 읽어낸다. 돌은 야생에서 온 것이고, 사람의 손길에 익숙해진 사물은 아니다. 이것은 "과거의 형태의 더미와 미래의 형태의 더미 위에 쉬고", "고독의 한복판에서 무질서하게 버려진 채, 대기의 엄청난 소용돌이 가운데서도 꼼짝 않고 있으면서, 맹목적으로 숨을 헐떡이며 모든 이성을 저버리고 모든 것을 좇아가는 이 힘들의 광경에 말없이 참관"한다. 바닷가에서 온 작은 돌은 표면이 매끄럽고 반들거리는데, 그것은 "액체의 매우 활발하나 가냘픈 접착성[이] 돌의 표면에 눈에 띄는 변화를 야기"한 결과일 테다. 조약돌은 물속에서 단단하고 완전한 형태를 갖춘다. 이것은 "그 육체 위에 젊음의 눈을" 갖고, "매일매일 조금씩 적어지나 늘 자신의 형태에 대해 자신만만하고, 맹목적이고, 단단하고, 메마른 내면"을 갖춘 존재로 빚어진다.

무엇보다도 사람은 사물의 사용자다. 사물의 세계는 사람을 둘러싼 외부 환경을 이루는데, 사물은 체화된 지각知覺 속에서

사람과 상호 교섭하는 가운데 물질 경험의 중요한 몫을 차지한
다. 인공물과 달리 돌은 자연계가 인간을 중심으로 만들어지지
않았음을 말한다. 돌은 자연이라는 "근원적 덩어리"에서 떨어져
나와 이리저리 구르고 제 위치를 바꿔가며 "절망의 광란" 속에
서 요동을 치며 사라진다. 인공물은 돌과 같이 자연의 총아에 속
하지 않는다. 그것은 다만 인간의 필요와 욕망에 부응하기 위해
제조된 것, 인위적인 생산물들로 더 큰 사물 세계의 한 부분으로
포섭당한다. 사물 세계라니? "그것은 거대하고 측정할 수 없는
나라이다."(로제 폴 드루아, 앞의 책)

불은 성냥에게 육체를 만들어준다.
몸짓과, 흥분과, 짧은 역사를
가진 살아 있는 육체.

성냥에서 발산된 가스는 불꽃으로 타고,
날개와 옷, 육체까지도 주었다:
움직이는 형태,
감동적인 형태.

그것은 빨리 일어났다.

단지 그 머리만이 단단한 실체와의 접촉으로 불붙을 수 있고,

―그리고 그때 출발 신호 총소리 같은 소리가 난다.

그러나 일단 붙으면

불꽃은

―직선으로 재빨리, 그리고 경주용 배처럼 돛을 숙이며―

　　　　작은 나무 조각 위를 달린다,

가까스로 뱃머리를 틀자마자

마침내 그것은

사제처럼 검게 된다.

― 프랑시스 퐁주, 「성냥」 전문(『일요일 또는 예술가』, 박동찬 옮김, 솔, 1995, 138~140쪽)

　퐁주는 '성냥'에서 시작된 사물의 물질성에 대한 순수한 몽상을 보여준다. 성냥은 인화성 물질이고, 발화의 가능성 속에서 하염없이 기다리는 사물이다. 마찰의 찰나 불로 변신하는 성냥은 발화를 통해 "몸짓과, 흥분과, 짧은 역사를/가진 살아 있는 육체"의 활기를 얻는다. 퐁주는 그 육체가 직선으로 움직이는 동작에 형태와 윤곽을 부여한다. 불은 "날개와 옷, 육체"를 얻어 타오르며 "움직이는 형태,/감동적인 형태"를 이루고 번성한다. 불의 움직임은 매우 공격적이고 빠르다. 불은 "직선으로 재빨리, 그리고 경주용 배처럼 돛을 숙이며", "작은 나무 조각 위를 달린다". 불은 발화점에서 시작해 규모를 키우고 가연성 물질을 거머쥐고 번성을 이루고 그 정점을 지나 다시 무로 돌아간다. 불은 성냥이 제 안에 숨기고 있는 잠재적 에너지이다. 시인

은 성냥이 품은 사물의 변용을 일으키는 가장 강력한 에너지를
투시하고 그것을 밖으로 끌어낸다.

터질 듯
위험하다는 뉴스에
고개 숙인
침묵들

흐느낌에 절어
터지기는커녕 사를 수도 없는

신경 곤두세워
충혈된 눈알 길게 누운 불법체류자들

내 인생
왕창 태워버릴까
휘발揮發도 못 하고 젖어버린
쓰레기통
곽 속에
붉은
눈

―김응교, 「성냥」 전문(『부러진 나무에 귀를 대면』, 천년의시작, 2018, 75쪽)

시인은 사물을 의인화한다. 사물은 항상 시간 밖에 있고, 생명
도 의식도 감정도 없는 무생명·무정물이지만 상상이라는 불꽃이
점화되는 찰나 생명을 얻어 살아난다. 의인화로 새로운 몸을 얻은
사물은 현존의 신호와 징조를 머금고 우리와 만난다. 그것은 딱딱
하거나 유연하며 고체이거나 액체로 이루어진다. 사물은 대체로
단순하지만 간혹 모호하고 불가사의한 모습을 보인다. 한 시인은
성냥에서 "충혈된 눈알 길게 누운 불법체류자들"을 투시해낸다.
언제라도 세상을 불로 태울 수 있는 인화성 물질인 이것은 그 위
험성 때문에 경계 바깥으로 내쳐진 자, 정처 없이 떠도는 자의 표
상이다. 분리되고 격리된다는 점에서 난민이나 이주노동자를 떠
올릴 수도 있겠다. 하지만 성냥은 "터지기는커녕 사를 수도 없"고,
"휘발도 못 하고 젖어버린" 좌절로 주저앉는다. 그것은 두말할 것
없이 인생 실패자를 가리킨다.

사물 세계에 지속적인 관심을 보인 또다른 시인이 있다. 김수
영(1921~1968)의 시에는 적잖은 사물이 등장한다. 그의 시 전집에
는 팽이, 서적, 사진, 지구의, 자(尺), 병풍, 수난로, 의자, 피아노,
금성라디오, 전화기, 가옥, 헬리콥터 따위의 사물들이 주르륵 등
장한다. 그는 헬리콥터에서 "설운 동물"을 이끌어내고 "자유의 정
신의 아름다운 원형"을 찾아내고, 자(尺)에서 "무엇이든지/재어
볼 수 있는 마음은/아무것도 재지 못할 마음"을 이끌어냈다. 김수
영은 사물을 통해 사물이 인간 욕망과 맺는 관계의 방식과, 그것

이 만드는 내면의 파장과 그 무늬를 시적 형상으로 빚어낸다.

　팽이가 돈다

　어린아해이고 어른이고 살아가는 것이 신기로워

　물끄러미 보고 있기를 좋아하는 나의 너무 큰 눈 앞에서

　아이가 팽이를 돌린다

　살림을 사는 아해들도 아름다웁듯이

　노는 아해도 아름다워 보인다고 생각하면서

　손님으로 온 나는 이 집 주인과의 이야기도 잊어버리고

　또 한번 팽이를 돌려주었으면 하고 원하는 것이다

　도회 안에서 쫓겨 다니는 듯이 사는

　나의 일이며

　어느 소설보다도 신기로운 나의 생활이며

　모두 다 내던지고

　점잖이 앉은 나의 나이와 나이가 준 나의 무게를 생각하면서

　정말 속임 없는 눈으로

　지금 팽이가 도는 것을 본다

　그러면 팽이가 까맣게 변하여 서서 있는 것이다

　누구 집을 가 보아도 나 사는 곳보다는 여유가 있고

　바쁘지도 않으니

　마치 별세계別世界같이 보인다

　팽이가 돈다

팽이가 돈다

팽이 밑바닥에 끈을 돌려 매이니 이상하고

손가락 사이에 끈을 한끌 잡고 방바닥에 내어던지니

소리 없이 회색빛으로 도는 것이

오래 보지 못한 달나라의 장난 같다

팽이가 돈다

팽이가 돌면서 나를 울린다

제트기 벽화 밑의 나보다 더 뚱뚱한 주인 앞에서

나는 결코 울어야 할 사람은 아니며

영원히 나 자신을 고쳐 가야 할 운명과 사명에 놓여 있는

이 밤에

나는 한사코 방심조차 하여서는 아니 될 터인데

팽이는 나를 비웃는 듯이 돌고 있다

비행기 프로펠러보다는 팽이가 기억이 멀고

강한 것보다는 약한 것이 더 많은 나의 착한 마음이기에

팽이는 지금 수천 년 전의 성인聖人과 같이

내 앞에서 돈다

생각하면 서러운 것인데

너도 나도 스스로 도는 힘을 위하여

공통된 그 무엇을 위하여 울어서는 아니 된다는 듯이

서서 돌고 있는 것인가

팽이가 돈다

팽이가 돈다

—김수영, 「달나라의 장난」 전문(『김수영 전집1:시』, 민음사, 1981, 32~34쪽)

사람이 사는 생활공간은 사물들로 채워진다. 하지만 사물의 사물성은 그것을 인지하는 한에서 비로소 존재한다. 사물은 경험의 맥락 속에서 그 의미가 발현되고, 그것의 물질성과 유일성 안에서 사람과 관련을 맺는다. 사물은 그것의 형태와 색깔 속에서 제 존재감을 과시하며 물질로 존재한다. 이 감각도 생명도 없는, 기원과 종류가 다른 이것들이 저마다 사람이 사는 생활공간 안에서 확고한 자리를 차지하고 사람과 섞이고 어우러지며 살아간다. 자, 김수영이 어떻게 하찮은 사물과 만나는가를 살펴보자. 팽이는 아이들의 놀이 도구에 지나지 않는다. 어느 집에 손님으로 방문한 '나'는 주인과 이야기를 나누는 동안 아이가 돌리는 팽이를 신기한 듯이 바라본다. 팽이는 "달나라의 장난" 같고, "수천 년 전의 성인과 같이" 연신 돈다. 팽이에 대한 남다른 발견이고 성찰이다! 아이들의 하찮은 놀이 도구인 팽이의 회전에서 "달나라의 장난"을 연상하는 것은 그렇다 하더라도 "성인聖人"으로 비약하는 상상력은 놀랍다.

'팽이'가 왜 '성인'일까? 김수영은 도는 팽이에서 금욕적인 모습을 보았을까? 그 팽이 앞에서 "도회 안에서 쫓겨 다니는 듯이" 사는 것과 "어느 소설보다도 신기로운 나의 생활"을 떠올리고 반추하는데, 시인은 팽이가 "나를 비웃는 듯이" 도는 것에 취한 채

바라보다가 생활의 중심에서 내쳐진 자의 설움 같은 것을 풀어낸다. 멈춤을 모르고 연신 도는 팽이가 시인의 억눌렸던 어떤 감각을 일깨운 게 분명하다. 그러니 팽이가 "나를 울린다"라고 했을 테다. 팽이가 시적 화자의 내면에 일으킨 동요는 작지 않다. 쉼 없이 회전하는 팽이를 보고 "나는 결코 울어야 할 사람은 아니며/영원히 나 자신을 고쳐 가야 할 운명과 사명"에 대한 자각으로 비약하는 시인의 감각은 남다르다고 할 수밖에 없다. 팽이가 보여준 것은 '생명의 약동élan vital'이었을까? "나는 한사코 방심조차 하여서는 아니 될 터인데/팽이는 나를 비웃는 듯이 돌고 있다"라는 구절에서 팽이 앞에서 시인은 제 나태를 비춰보고 제 안에서 일어나는 감응의 떨림을 털어놓는다.

사물은 저마다 다른 질감, 형태, 색채를 갖고 다양한 흐름과 운동 속에서 존재한다. 사물의 겉과 속을 꿰뚫어보는 감식가라면 시간에 예속되고 현존 속에 매몰된 채로 소실점 저 너머로 가뭇없이 사라지는 사물 안에 숨은 생명의 약동으로 시적 영감을 얻은 퐁주는 '돌'을 식물이나 동물과 견주면서 사물의 운명을 묘사한다. 돌은 자연계의 시간 안에서 태어나 여러 단계로 형태와 경도의 변화를 겪은 끝에 하나의 사물로 만들어진다. 실제로는 움직이지 않는 것처럼 보이며 단지 "오랜 풍화 단계의 한 부분만을 상상"할 수 있도록 이끄는 돌은 부동성 속에서 풍화되어간다는 점에서 "실제 자연 속에서는 스스로를 다시 형성해나가지 않고, 끊임없이 죽어가는 유일한 사물"이라고 말할 수 있다. 돌이 그렇듯이 사물 일반은 성장의 흐름을 갖지는 않지만 저마다 다른 양태와 윤곽을 가진 물질로서 제 존재를 드러내고 과시한다. 시인은 사물의 심연에 잠든 생명과 창조의 약동을 깨우고 감응하며 기어코 언어적 등가물을 부여한다. 사물은 우리 마음을 가로질러간다.

시인들은 사물 앞에서 어떤 갈망과 떨림, 망설임을 느끼는가? 그것을 어떤 언어적 등가물로 빚어내는가? 시인의 상상 세계에서 사물은 생명과 감정을 얻고 살아난다. 돌은 울고, 성냥은 성냥갑이라는 감옥 안에서 불법체류자로 누워 있으며, 팽이는 달나라의 장난감처럼 신기하게 움직인다. 정현종은 책상에서 부화중인 꿈을 보고, 김수영은 쉬지 않고 도는 팽이에서 도시의 바쁜 생활의 리듬에 쫓기며 사는 제 모습을 반추하며 서러워했다. 장석남은 주운 돌이 우는 소리에 귀를 기울이고, 퐁주는 불붙은 성냥의 운동성을 노래한다. 이렇듯 시인의 상상세계에서 사물은 저마다의 현존으로 생생하게 살아 있다. 사물이 부동성이 곧 죽어 있음을 증명하는 게 아니다. 사물이 성장과 약동의 의무를 지지 않는 것은 맞는다. 그것은 처음 제작된 그대로의 형태 속에서 다만 닳아가고 낡아간다. 꽃이나 나무, 동물이 죽으면 사물로 돌아간다. 마찬가지로 사람 역시 죽으면 사물로 돌아간다. 사람은 속도의 도취라는 큰 궤도 속에서 사물의 우주로 돌아가는 소멸의 여정을 받아들인다. 창조에서 소멸로, 나타남에서 사라짐으로! 사물의 한살이는 곧 그것을 만들어 쓴 인간의 역사와 한 궤를 이룬다. 사물 없는 세계란 상상조차 할 수 없다. 사물은 저멀리에서 와서 우리 시각과 촉감의 세계를 열고 내면으로 들어온다. 사물이 체험의 지각 안에서 정서적 유착 관계를 이루며 삶의 일부로 편입될 때 사람은 더도 덜도 아닌 사물 속에서 태어나 사물과 더불어 살다가 죽는 존재라고 말할 수 있다. 사람이 사물이 빚는 사물의 시간을 빌려 사는 존재임을 누가 부정할 수 있는가? 사람의 바깥에서, 혹은 안에서 오롯해진 이 사물의 발랄한 현존과 개성, 그 존재의 부피가 빚어내는 실감을 그 누구도 감히 부정할 수 없다.

예술가와 사물들

초판 1쇄 발행 2020년 6월 12일
초판 2쇄 발행 2021년 7월 9일

지은이 장석주
펴낸이 신정민

편집 김승주 최연희 **디자인** 김이정 **저작권** 김지영 이영은
마케팅 정민호 김경환 **홍보** 김희숙 김상만 함유지 김현지 이소정 이미희 박지원
제작 강신은 김동욱 임현식 **제작처** 한영문화사

펴낸곳 (주)교유당
출판등록 2019년 5월 24일 제406-2019-000052호

주소 10881 경기도 파주시 회동길 210
문의전화 031) 955-8891(마케팅) 031) 955-2680(편집)
팩스 031) 955-8855
전자우편 gyoyudang@munhak.com

ISBN 979-11-90277-43-3 03810